Rebekah - Niña Detective

Libros 1 - 8

PJ Ryan

Contents

"Rebekah - Niña Detective" es una serie de historias cortas para niños de 9-12 años con el resto de los títulos publicados progresivamente de manera regular. Cada título puede ser leído por sí solo.

Puedes unirte a la divertida página de Facebook de Rebekah para jóvenes detectives aquí:

http://www.facebook.com/RebekahGirlDetective

¡De verdad me encantaría oír de ustedes!

De verdad aprecio sus opiniones y comentarios así que gracias por adelantado por tomar su tiempo para dejar uno para "Rebekah – Niña Detective: Libros 1-8".

Sinceramente,
PJ Ryan

Rebekah – Niña Detective #1

El Jardín Misterioso

PJ Ryan

Rebekah - Niña Detective #1

El Jardín Misterioso

Capítulo 1

"Chirp, chirp", dijo el oso de felpa. Rebekah lo golpeó a un lado y miró al suelo detrás de el.

"Oh te encontraré, bestia", dijo entre dientes y agitó el haz de su linterna en círculos rápidos. Había estado cazando al grillo desde hace una hora. De verdad que no era justo acostarse a dormir tranquilamente, para ser despertada por el incesante sonido.

"Chirp, chirp", llamó el librero al otro lado de la habitación.

"¡Argh!" Rebekah se quejó y se lanzó a su dirección.

"¡Rebekah!" gritó su madre desde la puerta de su habitación situada en el ático. "¿Qué es lo que estas haciendo? La casa entera puede oírte retozando y pisoteando aquí arriba", ella movió su cabeza y ahogó un bostezo. "Tratamos de dormir".

"Bueno, pues, yo también", Rebekah frunció el ceño. "Pero hay un grillo aquí dentro en algún lugar ¡y no deja de chirriar!" ¡Shh! Escucha", puso su dedo en sus labios. Su madre colocó su cabeza al otro lado de la puerta y escuchó cuidadosamente. Después de unos segundos ella suspiró.

"Rebekah, no escucho nada, solo vete a la cama", gruñó y bajo las escaleras. Rebekah vivía en una casa de tres pisos, y su habitación era todo el tercer piso. No era tan grande como parecía, como la pendiente del techo mostraba, pero era su propio pequeño mundo, y a ella le gustaba mucho. Eso era, cuando no había un grillo viviendo con ella.

Una vez que su madre se fue, Rebekah colapsó en cama. Estaba exhausta por un día de jugar fútbol y de investigar el último misterio en su pequeña ciudad de Curtis Bay. Mientras se estiraba en su pequeña cama, trató de quedarse dormida más rápidamente de lo que el grillo podía chirriar. Siempre parecía ayudarle a dormir el pensar en cualquier tipo de misterio que tuviera en su mente.

Rebekah estaba determinada a ser la última y la mejor detective que haya salido a la calle y no veía razón alguna para esperar a que fuera una adulta. A los nueve, estaba segura de que podía hacer un mejor trabajo que la mayoría. Así que cuando veía algo que se viera ligeramente extraño, daría lo mejor para llegar al fondo de aquello.

Como ¿Por qué el cartero siempre entrega todo a exactamente la misma hora, excepto los Jueves cuando lo entregaba media hora más tarde? ¿Por qué si los botes de basura eran puestos en la acera de pie hacia arriba, muchas veces los encontraba boca abajo cuando llegaba del colegio?

Estas eran el tipo de preguntas que ella definitivamente debía de encontrarles respuesta. Por supuesto que fue fácil averiguar que el Sr. Mason, quien es el cartero de su vecindario llegaba media hora mas tarde los Jueves por que siempre paraba por un helado gratis en el Salón de Helados de Lyle. Los conos de helado eran gratis solo los Jueves de 3pm a 4pm.

Y pronto descubrió que solo era por cortesía que colocaban los botes de basura boca abajo, para mostrar que la basura había sido recogida y que los botes están vacios. Pero también había mayores preguntas que contestar, como ¿por qué el director del colegio siempre se presentaba tarde a la escuela cuando llovía? ¿Por qué el recreo duraba cinco minutos más los Viernes?

El misterio más reciente en su mente, eran las flores desaparecidas. Su pueblo tenía un jardín comunitario, y ella siempre se detenía para regar las plantas. Últimamente se había dado cuenta de que las flores ¡han estado desapareciendo! Hasta ahora había entrevistado al jardinero, el Sr. Polson.

"¿Y a dónde han ido esas flores?" había preguntado, con su libreta abierta y su bolígrafo listo para tomar notas.

"No estoy seguro", suspiro el Sr. Polson mientras se recostaba en su pala.

"Bueno, de seguro no se levantaron y se fueron solas ¿o si?" preguntó de la manera más amable que pudo.

"Bueno, no", refunfuñó el Sr. Polson. "No he visto ninguna pisada de flores".

Rebekah se rió y escribió eso en sus notas. "Ninguna pisada de flores hallada en la escena".

Mientras estaba acostada en cama, repasando las pistas, estaba apunto de quedarse dormida.

"¡Chirp, chirp!", chilló su almohada.

"¡Argh!" Rebekah se levantó y lanzó su almohada al otro lado de la habitación. Pero no encontró ningún grillo.

Capítulo 2

Al día siguiente en el colegio Rebekah se sentía muy soñolienta. Ella y el grillo habían peleado toda la noche. Ella todavía no había encontrado al insecto.

"¿Te encuentras bien?" preguntó su mejor amigo Mouse. Mouse no era llamado Mouse por su estatura, la cual era normal para un niño de nueve años, sino porque siempre llevaba un ratón en su bolsillo. Se agachó y le dio de comer un pedazo de queso al ratón.

"¿Cuál es ese?" preguntó Rebekah. Mouse tenía por lo menos veinte ratones mascota. Él podía diferenciarlos a todos, pero nadie mas podía.

"Einstein", respondió con una sonrisa. "Le gusta el sol".

Era un día muy brillante y soleado. Normalmente Rebekah estaría esperando la práctica de fútbol en la tarde, pero hoy ella soñaba con una siesta.

"¿Algo nuevo sobre el ladrón de flores?" preguntó Mouse, y Einstein chilló por otro pedazo de queso.

"No", suspiró Rebekah y entrecerró sus ojos viendo al otro lado del parque. "¿Por qué alguien robaría flores si podría sólo recogerlas?" se preguntó.

"Tal vez no le gusten las flores", sugirió Mouse encogiéndose de hombros.

"¿A quién no le gustan las flores?" se rió Rebekah.

¡AAACHUU!

Ambos se sobresaltaron con el sonido del fuerte estornudo detrás de ellos.

"Oh odio la primavera", se quejó la Sra. McGonal caminando penosamente junto a ellos.

"¿Odia la primavera?" preguntó Rebekah rápidamente. "¿Por qué?"

La Sra. McGonal se sopló la nariz con un pañuelo y luego sonrió. "Oh lo siento, no debería decir odio, es sólo que tengo una terrible alergia al polen. Es una hermosa época del año para la mayoría, pero no para mí", levantó la caja de pañuelos que estaba cargando. "Es la época de las alergias".

"Hm", Rebekah sacó su pequeña libreta y comenzó a tomar notas.

"¿Crees que la Sra. McGonal haya robado las flores?" susurró Mouse.

"No", Rebekah frunció el ceño. "Puede que sea malhumorada, pero normalmente no es mala. No creo que ella lo haya hecho".

"¿Entonces quién?" preguntó Mouse mientras observaba también hacía el parque.

Rebeca frunció el ceño a través de la cancha de baloncesto a un chico joven que estaba acurrucado cerca de la fuente de agua.

"Ernie", respondió con un gruñido. "Creo que Ernie esta detrás de esto".

"¿Ernie?" preguntó Mouse con sorpresa. "pero él es tan callado, y jamás molesta a nadie".

Ernie era muy tímido y solía estar solo. Cada vez que estaban en el parque el solía quedarse cerca de la fuente de agua y pretendía tener sed si alguien se le acercaba.

"Exacto", asintió Rebekah firmemente. "Es de los callados que debes cuidarte. Siempre están planeando algo".

Mouse inclinó su cabeza a un lado, preguntándose como Ernie podría estar planeando algo, pero sabía que era mejor no discutir con Rebekah. Una vez que tenía un sospechoso, no se detendría hasta tener pruebas.

"Primero, tenemos que encontrar evidencias", Rebekah sonrió satisfactoriamente mientras se levantaba del banco en es que estaba sentada.

"¿Y cómo vas a hacer eso?" preguntó Mouse y metió a Einstein en su bolsillo cuando un profesor pasaba frente a ellos.

"Voy a hacer amigos", dijo Rebekah con una reluciente sonrisa y comenzó a caminar a través del parque.

Capítulo 3

Cuando Ernie vio a Rebekah acercándose hacía él, agachó su cabeza y pretendió estar tomando agua de la fuente. Rebekah esperó pacientemente a que él terminara. Después de lo que pareció ser un galón de agua, Ernie la miró con timidez.

"¿Sediento?" ella preguntó y sonrió.

"Uh, un poco", asintió.

"Soy Rebekah", ella le tendió la mano en una manera amistosa de decir hola.

"Lo sé", aclaró su garganta y le miró la mano.

"Sólo un pequeño apretón de manos", ella amplió su sonrisa y meneó sus dedos.

Ernie se sonrojó y limpió su mano en sus jeans antes de tomar la de ella. Ella tomó su mano firmemente y la volteó, para estudiar sus uñas de cerca.

"Hm, Ernie, veo un poco de tierra debajo de tus uñas", se inclinó un poco mas.

"Hey", protestó Ernie y liberó su mano. "¿Qué pasa con eso?" demandó y metió sus manos dentro de sus bolsillos.

Rebekah comenzó una marcha solemne de adelante hacia atrás con sus manos cruzadas en su espalda. "Esto es acerca de flores, Ernie", ella lo miró bruscamente. "Flores perdidas, del jardín comunitario".

Ernie hizo una mueca y movió los pies. "No sé nada sobre eso", murmuró.

"Así que ¿nunca has estado en el jardín?" preguntó Rebekah de repente.

"Bueno, no dije eso", murmuró y se encogió.

"Cuál es la respuesta Ernie ¿no sabes nada o sabes algo?" demandó Rebekah, acercando su nariz a la de él.

"¡Ninguna, ambas, ugh!", Ernie se cubrió la cara con sus manos. Estaba temblando como una hoja. Rebekah se hubiera sentido mal, si no hubiera sido por la tierra debajo de sus uñas.

"Bueno, bueno, Ernie. Creo que he atrapado a mi ladrón de flores", sonrió satisfactoriamente.

"No, no lo has hecho", gruño y movió la cabeza. "Voy al jardín de noche, porque soy muy tímido para ser voluntario", el mostró sus uñas. "Se ensucian porque le quito las malezas al jardín".

15

La ceja de Rebekah se alzó alto hasta su frente. "Y debo creerte eso porque...".

Ernie bajó la cabeza. "No lo sé, porque es verdad. Le puedes preguntar al Sr. Polson, el es quien me deja entrar".

Rebekah tocó su barbilla pensativa. Ella sacó su libreta y anotó la nueva información.

¡¡El Sr. Polson tiene secretos!! Escribió.

"Te has salvado", dijo Rebekah y comenzó a irse, luego se detuvo, y se volteó. "Por ahora", añadió en un tono de voz grave.

Ernie tragó saliva, y fue a tomar más agua.

Capítulo 4

Más tarde ese día cuando Rebekah llegó al jardín comunitario ella decidió comprobar la historia de Ernie.

"Sr. Polson, ¿un niño llamado Ernie viene en la noche a quitar la maleza del jardín?" preguntó incluso antes de saludar.

"Bueno, sí", asintió el Sr. Polson. "Ernie es un buen niño. Siempre limpia muy bien el jardín, y se asegura de dejar todo ordenado antes de irse".

"¿Y no cree que tenga que ver con las flores desaparecidas?" preguntó Rebekah mientras sacaba su libreta y preparaba el bolígrafo.

"Para nada", el Sr. Polson negó con la cabeza. "Ernie no haría nada para dañar las flores".

Rebekah suspiró y se dio cuenta que hasta ahora tenía dos sospechosos, pero ninguno de los dos parecía culpable. Se preguntó si ese grillo manteniéndola despierta en la noche era el causante de que ella estuviera perdiendo sus habilidades de detective. Ella decidió pasar más tiempo regando las flores, para poder pensar mejor las cosas. Su regadera favorita era verde lima y era muy grande. Podía regar casi todo el jardín sin tener que volverla a llenar, pero era un poco pesada. El jardín estaba lleno de todo tipo de flores. Incluso tenía una sección de bayas y vegetales. Cualquier persona de la comunidad podía donar una pequeña cuota, y tomar del jardín una porción de comida. Era un gran recurso para todo el vecindario. Era por eso que le parecía tan raro que alguien quisiera herirlo o destruirlo. Cuando llegó al final del jardín, ella jadeó.

"¡Sr. Polson!" gritó en un tono de voz muy alto.

"¿Qué pasa? ¿Estás bien?" preguntó mientras recuperaba el aliento.

"¡Mire!" Rebekah apuntó al espacio vacio donde antes había flores. "¿Cómo pudieron haber desaparecido?" se quejó.

"Bueno, no lo sé", el Sr. Polson suspiró y se rascó la cabeza. "Es un gran misterio".

"Si, si lo es", dijo Rebekah frunciendo el ceño. Terminó de regar las plantas y se apresuró a su práctica de fútbol.

Mouse se sentó en las bancas a ver a Rebekah jugar. El prefería ver deportes, en vez de jugarlos. Rebekah perseguía el balón de un lado a otro en el campo. Siempre jugaba mejor cuando tenía un misterio en la cabeza. Cuando la practica se terminó, el entrenador la estaba elogiando por su rapidez.

"Muy buen trabajo, Rebekah, de verdad que jugaste bien".

Rebekah tomó un gran trago de su agua y sonrió. "Gracias entrenador", dijo, pero su sonrisa se desvaneció enseguida. No podía alejar las flores perdidas de su mente.

"Creo que deberíamos ir a ver a nuestro amigo Ernie nosotros mismos", le dijo a Mouse y tomó otro trago de agua.

"No lo sé, Rebekah, el parece ser muy tímido, podemos molestarlo", advirtió Mouse.

"O tal vez lo atrapemos robando las flores", respondió sombríamente.

"Muy bien", asintió Mouse, pero no estaba convencido.

Capítulo 5

Esperaron hasta que el sol se puso para volver al jardín comunitario. El Sr. Polson se estaba yendo, y pudieron ver a Ernie en el jardín, quitando la maleza con las luces del techo. No había nadie más en el jardín con él.

"Vamos", dijo Rebekah detrás del auto estacionado con el que se estaban ocultando.

"Rebekah ¿estás segura?" comenzó a preguntar Mouse, pero era muy tarde. Rebekah ya estaba caminando hacia el jardín.

"Hola, Ernie", dijo ella mientras cruzaba sus brazos y fijaba la mirada en él. Ernie saltó fuera de su piel, o al menos eso era lo que parecía. Miró a Rebekah e hizo una mueca.

"¿Qué pasa ahora?" preguntó con el ceño fruncido. "Vez, sólo maleza", el levantó su mano llena de maleza.

"Buena historia", murmuró Rebekah y comenzó a caminar de un lado a otro detrás de el.

"Oh Rebekah sólo está quitando la maleza del jardín", siseó Mouse cuando la alcanzó.

"Sí, eso es lo que parece", dijo calladamente.

De repente todas las luces comenzaron a parpadear, como una luz estroboscópica.

"¿Qué sucede?" preguntó Mouse nervioso mientras veía las luces. Rebekah se veía confundida mientras veía las luces parpadear.

"Muy sospechoso", murmuró y miró alrededor del jardín.

"Ha estado sucediendo las últimas noches", admitió Ernie. "Le dije a Sr. Polson, pero no encontró nada malo con las luces", él bajó la voz. "De verdad que es un poco escalofriante".

Rebekah comenzó a caminar hacia una de las luces, pero mientras lo hacía, todas las luces se apagaron por completo. El sol ya se había ido, y el jardín estaba bastante oscuro ya que no había casas ni edificios cerca.

"¡Ah!" jadeó Mouse. "¿Qué pudo haber hecho que las luces se apagaran?"

"Tal vez nuestro ladrón de flores es más inteligente de lo que pensamos" Rebekah frunció el ceño.

"Tal ves es un fantasma", sugirió Ernie. "A los fantasmas les gusta la oscuridad".

"El tiene razón, podría ser un fantasma", dijo Mouse rápidamente.

"No, no podría ser", respondió Rebekah. "Incluso si los fantasmas fueran reales, que no lo son ¿por qué un fantasma estaría en un jardín? ¿Por qué un fantasma robaría flores?"

Ernie levantó su barbilla muy alto en el aire. "Tu eres la detective ¿no?"

Rebekah volteó sus ojos y sacó sus llaves de su bolsillo. Tenía una pequeña linterna atada a su llavero para siempre poder ver en pequeños espacios oscuros. No hizo mucho para iluminar el jardín, pero al menos podía ver si otra flor desaparecía. Cuando vio unas hojas moverse se apresuro hacia ellas, esperando atrapar al ladrón. En vez de eso su pie encontró un espacio vacio donde el suelo debía estar.

"Ugh", jadeó mientras perdía el equilibrio y se doblaba el tobillo. Había pisado un hoyo en el suelo. Ella cayó hacia delante y logró amortiguar la caída con las manos. Se dejó caer en el suelo y se sopló el pelo de su cara mientras miraba a los dos chicos encima de ella.

"¿Estás bien?" Le preguntaron al mismo tiempo.

"Creo que sí", respondió ella, y miró por encima de ellos a la planta que había estado temblando. Sólo que no había ninguna planta ahí. ¡Había desaparecido!

"¡Oh, el ladrón se había llevado otra!" suspiró y se sentó en la tierra. Sus hombros se hundieron.

"Que buena detective soy", dijo negando con la cabeza.

"Eres una gran detective", dijo Mouse firmemente.

"Si, de verdad que haces lo mejor que puedes", la animó Ernie. "Mira que cerca estás".

"Si, es verdad", asintió Rebekah. "Podría atrapar al ladrón de no ser por la trampa que me colocó para mí", gruño y miró el agujero con el que se había tropezado. "¿Quién iría por un jardín haciendo agujeros?"

"Uh, ¿un jardinero?" dijo Mouse entre dientes.

"Tal vez un fan-"

"No digas fantasma", gruñó Rebekah. Ella tocó su barbilla ligeramente mientras pensaba acerca de la situación. De alguna manera el ladrón había logrado apagar todas las luces del jardín. El ladrón también había dejado trampas para que ella no lo atrapara.

"Este es un ladrón muy sigiloso", dijo ella silenciosamente. Ella se arrastró hasta el agujero con el que se había tropezado. Era lo suficientemente grande como para que su pie se quedara atrapado. Ella iluminó el agujero con la pequeña linterna.

"Wow", jadeó ella y le hizo un movimiento con la mano a Mouse y a Ernie para que vieran más de cerca. "No es un agujero".

"¡Es un túnel!" gritó Mouse.

"Espeluznante", Ernie se estremeció. "Tal vez es un gusano gigante subterráneo", hizo una mueca.

Rebekah colocó su linterna entre sus dientes y sacó su pequeña libreta de su bolsillo. Ella la abrió y tomó algunas notas.

"Oh, es algo subterráneo", murmuró y observó las luces apagadas.

Capítulo 6

Rebekah estaba muy cansada cuando se acostó esa noche. Se había bañado para quitarse todo el sucio del jardín y colocó un poco de hielo en su tobillo hinchado. Esperaba que eso no evitara que jugara bien en el juego de fútbol del Sábado. Mientras se sentaba en su cama, tomó la tablet que había tomado prestada de su padre. Con ella pudo investigar sobre todo tipo de criaturas. Comenzó utilizando la información que había recolectado para ver que podría estar ocultándose debajo del jardín. Tenía que ser un animal muy escurridizo, tenía que ser capaz de cortar la electricidad, y de tomar flores completas. Cuando colocó la información en la tablet estaba decepcionada de no conseguir ningún resultado. En un momento de desesperación, escribió, gusano gigante subterráneo.

"¡Ugh!" gritó cuando la imagen de un gusano enorme salió en la pantalla. "Bleh", se estremeció y apagó la tablet. Tendría que volver a revisar el jardín con la luz del día. Cuando estaba a punto de irse a dormir, escucho el sonido.

"Chirp, chirp", dijo el alfeizar de la ventana.

"Oh no", gimió y enterró su cabeza debajo de su almohada. Si no era una criatura misteriosa, era otra.

Se despertó temprano la mañana siguiente y se apresuró a prepararse para la escuela. Su madre le había preparado tostadas y huevos, pero ella les pasó por al lado.

"Lo siento, mamá, muy ocupada, estoy en un caso", le dijo y estaba a punto de salir por la puerta cuando su madre atrapó la tira de su mochila y la jaló de regreso.

"Incluso los detectives necesitan su desayuno, Rebekah", dijo ella firmemente y dejó una pieza de pan tostado en las manos de su hija.

"Gracias mamá", Rebekah sonrió y beso a su mamá en la mejilla. Luego salió corriendo por la puerta. Corrió todo el camino hasta el jardín comunitario, tomando mordidas de tostada en el camino.

Capítulo 7

Cuando llegó al jardín el Sr. Polson ya estaba ahí. Estaba cavando unos hoyos frescos para plantar algunos árboles frutales, y no oyó a Rebekah cuando ella llegó corriendo detrás de él.

"¡Tenemos un gran problema!"-Anunció con voz chillona. El Sr. Polson casi dejó caer su pala. Él suspiró y se enjugó la frente cuando se volvió para mirar a Rebekah.

"¿Qué pasa ahora Rebekah", preguntó con impaciencia.

"¿Ha probado las luces esta mañana?" Preguntó y señaló hacia las luces que rodeaban el jardín.

"Pues no", dijo con el ceño fruncido. "Tienen un temporizador, y no se prenden con la luz del día".

"Pues, no funcionan", dijo firmemente.

"¿Por qué? ¿Qué pasó aquí anoche?" le demandó con preocupación. "No puedo dejar que ustedes niños vengan al jardín a deshoras si van a estar rompiendo cosas".

"No fuimos nosotros", protestó Rebekah mientras el Sr. Polson intentaba prender las luces.

"Oh no", frunció el ceño. "¿Ahora qué haremos sin luces? Algo debió haber cortado la electricidad", suspiró y comenzó a buscar por el jardín alguna señal de algo que podría causar el problema. Rebekah lo siguió por todo el camino.

"También encontré unos túneles en el suelo", dijo ella rápidamente y apuntó al agujero con el que se había tropezado la noche anterior.

"¿Ah si?" dijo calladamente y se agachó para echarle un vistazo al agujero. "Bueno, pues ahora todo empieza a tener sentido", el sonrió un poco.

"¿Quiere decir que hay gusanos gigantes subterráneos?" sugirió Rebekah.

"Oh no", se rió. "Mucho peor. Mas adorables, y peludos, pero mucho peor".

Rebekah estaba confundida, hasta que el Sr. Polson se acercó y le susurro algo en el oído.

"¡Oh!" Rebekah gritó de sorpresa.

"Oye, vas a llegar tarde al colegio", dijo el Sr. Polson mientras veía su reloj. "Investiga un poco más y después del colegio, ven a verme ¿de acuerdo?" le pidió.

Rebekah asintió con el ceño fruncido. Detestaba ir al colegio en medio de un misterio, pero tampoco le gustaba perder clases. Mientras caminaba al colegio su mente estaba llena de ideas, de como atrapar al ladrón de flores. Sólo esperaba que alguna de ellas funcionara.

Capítulo 8

En el colegio, Mouse corrió hacia donde estaba ella con una amplia sonrisa. "Adivina qué, estuve investigando sobre gusanos gigantes subterráneos anoche", dijo efusivamente.

"Ugh Mouse no son gusanos gigantes subterráneos", insistió Rebekah.

"Oh lo sé, pero igual ¡estos gusanos son fascinantes!" continuó con una sonrisa.

"Esa es una manera de describirlos", dijo ella a regañadientes. Mientras caminaban a clase, Ernie estaba parado tímidamente frente a su casillero. Cuando los vio venir miró nerviosamente.

"Hola Ernie", dijo Rebekah en un tono amistoso.

Ernie sonrió un poco. "Hola chicos", su sonrisa brillaba cuando se detuvieron a hablar con él.

"¿Descubrieron qué hizo esos túneles?" preguntó esperanzado. A él le encantaba ir al jardín, y no quería estar asustado de volver.

"El Sr. Polson tiene una idea", dijo Rebekah con una sonrisa. "Y creo que tiene razón. Pero tenemos que ver si podemos atrapar al ladrón. ¿Nos quieres ayudar?"

Ernie estaba sorprendido de ser invitado. Estaba seguro de que seguía siendo el sospechoso de Rebekah. De resto, nunca había sido invitado a nada. Lo hacía sentir genial que Rebekah y Mouse lo quisieran ahí.

"Bueno, supongo", dijo tímidamente. "Quiero decir, si quieren que yo vaya".

"Claro que queremos", dijo Mouse. "Quiero decir, quien más nos va a proteger del gusano gigante subterráneo", tomó una foto que había impreso de su computadora. "¿Ves?"

"¡Ah!" Ernie dio un salto contra su casillero, después los tres amigos comenzaron a reír. Justo entonces sonó la campana para avisar que comenzaría la primera clase del día. Se dispersaron a sus clases, porque no querían llegar tarde. En el recreo, Mouse, Ernie, y Rebekah se acurrucaron alrededor de su libreta. Ella estaba revisando las pistas que había acumulado durante su investigación. Con cada una sentía que era más probable que la criatura de la que el Sr. Polson sospechaba era la ladrona de flores.

"¿Cómo puede algo tan pequeño hacer tanto daño?" Mouse preguntó.

Einstein asomó la cabeza fuera de su bolsillo. "No, no tu Einstein," Mouse rió y palmeó la cabeza diminuta de la criatura, Ernie le ofreció un trozo de queso de su sándwich. Einstein lo mordisqueó hasta desaparecer en no más de un segundo.

"Adorable", se rió.

"Tiene muchísimos" suspiró Rebekah.

"No muchísimos", la corrigió Mouse. "Sólo, bastantes", sonrió abiertamente.

Cuando salieron de la escuela ese día se comprometieron a reunirse por la noche en el jardín comunitario. En lugar de regresar a casa, sin embargo, Rebekah fue directo al jardín. El Sr. Polson estaba esperándola allí con una pala extra.

"Aquí tienes," dijo mientras le entregó una de las palas. "Comencemos a trabajar".

Encontraron todos y cada uno de los agujeros que se había hecho en el jardín. Cuidadosamente llenaron los túneles de tierra, hasta que sólo quedó uno.

"Parece que nuestro pequeño ladrón masticó a través de los cables eléctricos," suspiró y sacudió la cabeza. "Estas son criaturas difíciles de atrapar, ¿estás segura de que estás lista para esto Rebekah?"

"Absolutamente", contestó ella. "No más flores desaparecerán en mi guardia", dijo con firmeza. El Sr. Polson le entregó una jaula que había comprado ese día y le explicó cómo ajustar la trampa.

Capítulo 9

Rebekah, Mouse, y Ernie se reunieron en el jardín justo después del anochecer. Estaban armados con linternas y listo para atrapar al ladrón de flores. Ella y el Sr. Polson habían llenado todos los agujeros en el jardín, excepto uno. Cerca de este, los tres armaron una trampa, una jaula con una sabrosa planta esperando dentro, para el ladrón de flores. Si tenía hambre, se vería obligado a salir de aquel agujero, y encontrar la planta esperándolo.

La trampa estaba lista, y Rebekah estaba emocionada de ver si ella y la teoría del Sr. Polson estaban en lo correcto. Ella, Mouse, y Ernie todos se acurrucaron detrás de una gran carretilla, a la espera de ver si su ladrón de flores se atrevía a aparecer. La brillante luz de la luna era suficiente para iluminar el jardín, y alumbrar cada pétalo. Era una noche perfecta para capturar un ladrón de flores.

"¿Y si estamos equivocados?," susurró Mouse. "¿Qué pasa si nos sentamos aquí toda la noche, y no pasa nada?" él frunció el ceño mientras aplastaba a un insecto que volaba a su alrededor.

"No estamos equivocados", Rebekah insistió. Sacó su libreta del bolsillo y examinó las pistas que había recogido a lo largo del camino.

"Es un ladrón sigiloso, que aparece y desaparece sin que nadie lo vea. No deja huellas detrás. Se lleva la planta, con raíces y todo".

"Pero ¿y si no es para nada lo que pensamos?", se preguntó Ernie castañeteándole los dientes. "¿Y si es una especie de duende mágico que está recogiendo flores de nuestro mundo? Tal vez, una vez que tenga suficientes flores ¡querrá recoger niños!"

Mouse y Rebekah miraron a Ernie con grandes ojos incrédulos. "¿Hablas en serio?" Rebekah preguntó y arqueó una ceja.

"Podría suceder", dijo Ernie con el ceño fruncido. "Lo he visto en la televisión".

"Ernie", dijo Mouse pacientemente. "¿No crees que si el duende mágico quisiera niños, sería en la escuela, no en el jardín de la comunidad?"

Ernie suspiró. "Supongo que tienes razón", se mantuvo callado.

"O bien, podría ser que no existen los duendes mágicos," señaló Rebekah y negó con la cabeza a los dos chicos.

"Tú no sabes", dijeron los dos bruscamente.

"En realidad, si lo sé", dijo Rebekah con severidad. "He investigado muchas criaturas mágicas, y ninguna de ellas tiene ningún fundamento en la ciencia."

"Hm, es por eso que se llaman mágicos," Ernie rodó los ojos y Mouse se rió.

"Argh, 'Rebekah suspiró y volvió a mirar a la trampa que habían puesto. "Shh, podríamos asustarlo si hablamos demasiado alto."

"¡Squeak, squeak, squeak!" un fuerte ruido comenzó a llenar el aire alrededor de ellos.

"Ernie, por favor deja de chillar," dijo Rebekah tan pacientemente como pudo.

"No soy yo", Ernie chilló, luego se aclaró la garganta. "Quiero decir, no soy yo", dijo con severidad.

Ambos miraron a Mouse que tenía su mano sobre el bolsillo. "Einstein, shh", dijo y trató de callar al ratón en su bolsillo.

"¿Por qué está tan molesto? ¿Se te acabo el queso?" preguntó Rebekah.

"No, no sé lo que le pasa," Mouse frunció el ceño". Nunca es tan ruidoso".

"Tal vez sabe que el elfo mágico viene", Ernie susurró, con la voz temblorosa.

"Ernie", Rebekah gruñó.

En ese momento, Einstein logró escabullirse del bolsillo de Mouse, y se fue corriendo por el jardín en una línea recta rápida.

"¡Einstein!" Mouse gritó y comenzó a perseguirlo.

"¡Shh!" Rebekah siseó. Mientras ellos estaban mirando al roedor huir ninguno se dio cuenta del par de ojos que estaban espiando fuera de la tierra justo al lado de la trampa que habían puesto.

Ernie fue el primero en notar los ojos pequeños y brillantes. "E-eso no es un elfo", dijo con voz entrecortada y comenzó a tropezar hacia atrás. Cuando lo hizo, se derribó la gran regadera, y el agua comenzó a derramarse por todas partes. Mouse seguía persiguiendo a Einstein y Rebekah se volvió hacia atrás a tiempo para ver lo que Ernie estaba señalando.

"¡Oh! ¡Eres tú!" gruñó y se agachó. "¡Vamos pequeño ladrón de flores, muerda el anzuelo!"

Mientras ella y Ernie se acurrucaban juntos observaron al pequeño animal arrastrándose fuera del único agujero que habían dejado sin llenar. Se deslizó lentamente por el suelo hacia la hermosa planta que habían dejado a la vista, a la espera de ser robada.

Justo cuando el topo estaba a punto de caer en la trampa, Einstein fue corriendo, seguido de cerca por Mouse. El topo chilló y corrió hacia su agujero.

"¡Oh no! ¡Se está escapando!" Ernie gritó y comenzó a perseguir al topo, pero se tropezó con el lodo hecho por el agua derramada de la regadera, y cayó en su espalda. "Owwww", se quejó. Rebeca se lanzó tras el topo y justo antes de que pudiera escapar de nuevo a su túnel se las arregló para voltear la carretilla en la parte superior de la pequeña entrada, bloqueando el camino del topo.

"¡No escaparás de la justicia!" declaró y se lanzó encima del topo. El topo, por supuesto no quería ser atrapado, así que comenzó a cavar furiosamente en el suelo para hacer un nuevo túnel.

Pero antes de que lo pudiera lograr, Mouse con Einstein ya en su bolsillo, pudo levantar la pequeña jaula que habían preparado para atrapar al topo, y metió a la criatura dentro. Cuando la jaula estuvo bien cerrada los tres se acercaron para ver entre los barrotes.

"No se ve tan mal", dijo Mouse, y Einstein asomó su cabeza para decir hola.

"En realidad es algo adorable", admitió Ernie y le chasqueó la lengua al topo.

"¿Adorable?" Rebekah abrió sus ojos. "Oh no queridos amigos, este topo ha vivido una vida de criminal. Ha estado robando flores justo debajo de nuestras narices, y no hay nada adorable sobre eso. ¡Topo malo!" Ella señaló al topo con su dedo. Él olió su dedo y soltó un gruñido.

"Mira, se está confesando," dijo Rebekah con confianza.

"Aw vamos Rebekah, él es realmente como un gran ratón" Mouse comenzó a decir.

"No Mouse, tu madre no va a dejar que tengas un topo como mascota".

"Tal vez lo haría," Mouse protestó.

"No, de ninguna manera", Rebekah negó con la cabeza. "Tu madre no tendrá un ladrón viviendo bajo su techo".

Mouse suspiró.

Ernie frunció el ceño.

Rebekah sacó su libreta y apuntó una nota para declarar el crimen de las flores robadas oficialmente resuelto.

Capítulo 10

A la mañana siguiente, el Sr. Polson llegó al jardín comunitario para encontrar el topo todavía sentado en su jaula.

"Bueno hola amiguito", se rió entre dientes. "Parece que Rebekah atrapó a su ladrón después de todo".

Cogió la jaula y la llevó a su camión. Se dirigió a una zona abierta con un montón de plantas silvestres exuberantes y flores para que el topo devorara.

Mientras Rebekah se acomodaba para dormir esa noche ella suspiró con alivio. Por ahora, el jardín comunitario estaba a salvo y libre de plagas, ahora si sólo ella pudiera decir lo mismo de su dormitorio.

"Chirp, chirp", dijo su librero.

"Chirp, chirp", dijo el alfeizar de su ventana.

"Chirp, chirp", dijo su oso de felpa.

"Oh no," Rebekah gimió y enterró la cabeza bajo la almohada.

Rebekah - Niña Detective #2

Invasión Extraterrestre

Capítulo 1

"Rebekah ¿Que se siente ser la primera niña de diez años en ir al espacio?" preguntó el reportero y luego empujó el micrófono a la cara de Rebekah. Rebekah, vestida con un traje espacial verde lima, con sus brillantes rizos rojos dentro su propio casco espacial, sonrió.

"Es un gran honor", dijo ella. Miro por encima a su nave espacial. Tenía la forma de un círculo. Rodeando la curva estaba escrito Rebekah en gruesas letras blancas.

"¿Cuál será tu primera parada, Rebekah?" preguntó el reportero. "¿La luna? ¿Marte?"

"Estoy planeando ir al fondo de los anillos de Saturno", respondió y levantó su mirada a la audiencia que la rodeaba. "Hay algo muy extraño sobre esos anillos. Creo que ese planeta podría estar ocultando algo".

"Rebekah", gritó el reportero. "¡Rebekah!", dijo ella en un tono más molesto.

"Dije, Saturno", Rebekah frunció el ceño.

"¡Rebekah!" gritó la voz de su madre.

Los ojos de Rebekah se abrieron de golpe y ella rodó sobre su cama. Ella no tenía un traje espacial verde lima. No había ningún reportero en su habitación. Todo había sido sólo un sueño. Pero ella seguía preguntándose sobre el misterioso Saturno.

"Ya desperté, ya desperté", gritó Rebecca soñolienta. Rebekah normalmente era la primera persona despierta en su familia. Le gustaba mantener un ojo en todo y en todos y dormir se interponía en el camino para lograrlo. Pero la noche anterior ella y su mejor amigo Mouse se habían quedado en el patio trasero hasta tarde estudiando las estrellas con su telescopio nuevo. Por supuesto esto había despertado todo tipo de preguntas para ella. La ciencia era todavía uno de los grandes misterios en su mente. Seguro muchas cosas han sido descubiertas, pero todavía hay mucho más que aprender y descubrir.

Capítulo 2

Cuando llegó a su clase de ciencias estaba emocionada de ver que el Sr. Woods había instalado el proyector en el salón de clases. A ella le gustaba cuando él mostraba imágenes de diferentes bacterias y organismos. Hoy, sin embargo, eso no era lo que iba a mostrar en la presentación.

"Hoy vamos a hablar de la vida en otros planetas", dijo el Sr. Woods mientras apagaba las luces del salón de clases. Rebekah miro a Mouse quien estaba ocupado tratando de asegurarse de que su amigo por el día, Bigotes, estuviera a salvo en su bolsillo. Sabía que un accidente de uno de sus amigos ratones escapando lo metería en muy grandes problemas.

Rebekah jadeó y levantó su mano, demandando la atención del Sr. Woods

"¿Si, Rebekah?" preguntó mientras situaba el proyector de manera que sus imágenes brillaran en la pantalla blanca que había tirado delante de la pizarra.

"Sr. Woods no puede estar hablando en serio sobre dar una clase de extraterrestres", dijo Rebekah con su barbilla muy alto en el aire.

El Sr. Woods sonrió pacientemente mientras miraba a Rebekah. Él era un profesor divertido la mayor parte del tiempo. Su cabello siempre estaba salvaje y apuntando a diferentes direcciones. Llevaba gafas ligeramente dobladas, que siempre estaban torcidas sobre la nariz, por lo que sus ojos azules se veían como si fueran de dos tamaños diferentes. Sus ropas siempre estaban arrugadas, y al menos tres días a la semana encontraba una razón para usar una bata blanca de laboratorio. Él, sin duda, era uno de los profesores más queridos por Rebekah, pero ella no esperaba una clase tan tonta de un profesor de ciencias.

"Si, daré una clase sobre la posibilidad de vida en otros planetas", dijo él con una sonrisa. "¿Quién puede decir lo que hay más allá de lo que conocemos?"

"Uh, creo que la ciencia ha dejado claro que no hay vida en otros planetas", señaló Rebekah.

"En realidad-", una de las niñas sentadas en frente de la clase habló. "El Mars Rover recientemente descubrió que alguna vez hubo agua en el planeta y que pudo haber sido habitable. ¡¡Tal vez descubran que hubo vida en Marte!! Dijo ella, con la voz llena de entusiasmo.

"Hay una gran diferencia entre extraterrestres y microbios", dijo Rebekah con severidad. La niña en el frente de la clase era Libby, y ella era bastante extraña en la opinión de Rebekah. Siempre estaba usando camisetas con dibujos graciosos de extraterrestres y animales extraños en ellas.

"Tal vez, Rebekah", estuvo de acuerdo el Sr. Woods "Y no estoy aquí para decirles que hay vida en otros planetas, sólo tengo curiosidad de saber cómo creen ustedes que sería la vida en otros planetas".

"No existiría", Rebekah dijo con severidad.

"Yo creo que sería mucho mejor que el nuestro", intervino Libby. "Estoy segura de que los extraterrestres son más pacíficos que nosotros".

"No, los extraterrestres no existen", dijo Rebekah con firmeza.

"Rebekah, todos tienen derecho a tener sus propias ideas", advirtió el Sr. Woods. "Deberíamos dejar que Libby comparta las suyas también".

Libby miró sobre su hombro a Rebekah y sonrió.

Rebekah forzó una sonrisa y sonrió de vuelta y luego se desplomó en su silla. No le gustaba a donde iba la clase. Por el resto de la clase el Sr. Woods mostró una presentación de diferentes imágenes que personas habían reportado haber visto o imaginado como serían los extraterrestres. Al final de la clase les asignó una tarea.

"Quiero que cada uno de ustedes se tome el tiempo esta noche de pensar sobre cómo se vería un ser de otro planeta. Luego pueden dibujar esa idea para mí, y mañana le echaremos un vistazo a todas las ideas. Creo que se sorprenderán de lo diferentes que serán".

Rebekah rodó sus ojos y murmuro por lo bajo lo inútil que era la tarea. No era que no le gustara dibujar, pero sentía que hablar sobre extraterrestres en clase de ciencias era tonto. Mientras los niños empezaban a dejar el salón de clases ella se detuvo al lado de Mouse.

"Esto es una locura ¿verdad?" le preguntó ella a él.

"¿Qué es?" metió su mano en su bolsillo para mantener calmado a Bigotes.

"Hacer dibujos sobre extraterrestres. ¿Quién cree en serio en los extraterrestres?" preguntó.

"Yo creo", dijo Libby por detrás de ellos.

"Bueno, pues estás equivocada", dijo Rebekah volteándose hacia Libby.

"¿Cómo lo sabes?" preguntó Libby con una sonrisa. Ella era una niña amigable, pero no muy brillante, en la opinión de Rebekah.

"Porque si, ha sido probado una y otra vez", dijo Rebekah y sacudió la cabeza.

"No todas las cosas pueden ser probadas o descartadas por la ciencia, por lo menos todavía no Rebekah, deberías ser un poco más abierta sobre eso", sugirió Libby dulcemente. Después miro a Mouse.

"¿Cómo está Bigotes?" preguntó ella y echó una mirada en su bolsillo cuando él lo abrió para que ella pudiera ver.

"Feliz", sonrió. "Le gusta el queso del que me hablaste", dijo él. Cuando Libby se fue, Rebekah lo miro con curiosidad.

"¿Que queso?"

"Oh estaba teniendo problemas al intentar mantenerlo en mi bolsillo, así que Libby me dio un poco de queso de cabra para probar", sonrió y sacó una migaja de queso.

"Ew", Rebekah se apretó la nariz. "¡Eso es oloroso!"

"Lo es ¡pero a Bigotes le gusta!", sonrió.

"Bueno, tal vez ella sepa de quesos, pero de seguro no sabe nada de ciencia", sonrió Rebekah burlonamente.

"¿Estas segura?"

Preguntó Mouse y retorció la nariz, no muy diferente de su ratón mascota.

"Claro que estoy segura", suspiro Rebekah. "¡No me digas que tú crees todas esas cosas también!"

"No lo creo", dijo encogiendo sus hombros. "Simplemente no lo creo tampoco. Quiero decir, muchas cosas son posibles hoy que nunca pensamos que podrían serlo en el pasado, así que tal vez, solo tal vez, no lo sabemos todo", él le ofreció una sonrisa tonta.

"Tal vez", dijo Rebekah pensativa. Ella nunca había considerado que los extraterrestres fueran reales. Pero ahora que lo había pensado, estaba curiosa.

Esa tarde cuando llegó a su casa del colegio se sentó frente a su computadora. Sabía que si los extraterrestres existían, alguien debió haberlos visto. Tenía que haber pruebas en alguna parte. Comenzó a buscar información sobre extraterrestres. Mientras más buscaba, más sorprendida quedaba. Había mucha información sobre extraterrestres y de personas diciendo que los habían visto. Una página web, la más terrorífica de todas, decía que algunos extraterrestres podían incluso ¡verse y hablar como seres humanos!

"¿Cómo podríamos saber quién es un alíen si se parecen a nosotros?" se preguntó Rebekah con horror. Imprimió una lista de cosas para ver cuando se buscaban extraterrestres.

1. Luces brillantes o flotantes en el cielo. Estas luces brillantes podían ser naves espaciales buscando un buen lugar para aterrizar ¡o a otros extraterrestres que ya pudieron haber aterrizado!

2. Comportamiento raro o apariencia extraña. Si alguien que conoces parece ser muy raro, tal vez hayas conocido un extraterrestre.

3. Ojos de forma extraña. Los extraterrestres tienen grandes ojos que son difíciles de ocultar. Si ves a alguien con ojos de un extraño color o forma, este podría ser un extraterrestre.

4. Piel brillante o verde. Si alguien parece estar brillando, o tiene manchas verdes en su piel, este podría ser un verdadero extraterrestre brillando debajo de su disfraz de humano.

Ella todavía no estaba segura si creer en extraterrestres. Pero era bueno tener una lista para descubrirlos, solo por si acaso. Metió la lista en el estuche de su cámara y siguió buscando. Estaba muy sorprendida al descubrir que a pesar de no haber pruebas científicas sobre extraterrestres, las personas los han estado viendo por muchos años. Algunas personas incluso creían que vivían justo a su lado. Era una idea extraña, y una de la que Rebekah estaba segura no era verdad, pero de todas formas, ella tenía que preguntarse.

Capítulo 3

Esa noche en la cena mantuvo su mirada en su madre y su padre.

"¿Existen los extraterrestres?" preguntó y cogió un bocado de sus macarrones con queso.

"Uh, bueno, muchas personas creen que sí", dijo su padre, con su bigote rojo ocultando su ceño fruncido.

"Pero muchos otros creen que no existen", dijo su madre mientras sonreía.

"Eso no es una respuesta", Rebekah suspiró y empujó el brócoli de su plato.

"Bueno, cariño, no todo en el mundo tiene una respuesta", dijo su padre calladamente.

"Pero debe haber una respuesta", insistió Rebekah. "Es como cuando tienes un examen en la escuela. Tal vez no sepas todas las respuestas, pero siempre hay una respuesta".

Su madre apuntaba a su brócoli. "Ahora come eso o no tendrás postre", le advirtió, antes de continuar. "Es cierto que sabemos mucho sobre el mundo que nos rodea cariño, pero hay algunas cosas de las que ni siquiera sabemos cómo hacer las preguntas. Si no sabes cada pequeña cosa sobre el universo, pues entonces, no puedes estar seguro de tener todas las respuestas".

Rebekah estaba decepcionada de que sus padres no pudieran darle una respuesta directa. Normalmente ella confiaba en ellos para ayudarla a aclarar las cosas de las que no estuviera segura. Ella terminó de comerse su brócoli mientras seguía pensando en los extraterrestres.

"Bueno, hay algo de lo que estoy segura" dijo ella con tristeza mientras masticaba su último pedazo de brócoli. "Si los extraterrestres existen, de seguro no obligan a sus hijos a comer brócoli".

"Rebekah", le advirtió su padre.

"¡Rebekah!" suspiro su madre.

"lo sé, lo sé, lo comeré", he hizo un puchero. Cuando terminó de cenar su madre la ayudo a recoger los platos. Después de compartir algo de helado ella decidió que tenía que investigar esto por sí misma. Esperó a que estuviera muy oscuro, y tomó su chaqueta. Fue al patio trasero y colocó su telescopio. Mouse no pudo ir porque era noche de escuela, así que lo llamó desde su teléfono.

"Hola ¿qué estás haciendo?" preguntó él con la boca llena de palomitas de maíz.

"Estoy cazando extraterrestres ¿qué haces tú?" le preguntó con una sonrisa.

El tosió sus palomitas de maíz. "¿Que estás haciendo qué?" jadeó.

"Estoy usando mi telescopio para ver si puedo conseguir extraterrestres", le explicó y luego echó un vistazo por su telescopio. "Hasta ahora, veo estrellas y más estrellas".

"Guao, Libby te puso a pensar ¿no?" preguntó.

"Bueno, yo lo busqué, y parece que Libby podría estar en lo cierto, podría", repitió.

"Nunca se sabe", él estuvo de acuerdo. Rebekah estaba a punto de decir adiós cuando vio algo extraño en el cielo.

"¿Qué es eso?" se preguntó mientras miraba por el telescopio.

"¿Ves algo?" preguntó Mouse esperanzado.

"Creo que sí", le respondió, un poco asustada. Había una luz brillante moviéndose en el cielo. Estaba muy cerca para ser una estrella y muy lejos para ser las luces de un auto.

"¿Qué es?" preguntó Mouse.

"No lo sé", suspiró y ajustó el telescopio. La luz se movía de aquí para allá. Incluso parpadeo una o dos veces.

"Oh no", gruño al darse cuenta de donde venía la luz.

"¿Qué pasa?" preguntó Mouse, ansioso de saber que ocurría.

"Es una luz extraña ¡y parece que viene del colegio!" gritó. Recordó lo primero que decía su lista de cosas, era una luz extraña.

"¿El colegio?" repitió Mouse y se rió. "Solo tratas de asustarme".

"No es cierto", insistió Rebekah. "Creo que algo muy extraño está ocurriendo aquí".

"Tú siempre crees que algo extraño está ocurriendo", le recordó, pero su voz estaba temblorosa.

"Pero piénsalo Mouse ¿qué pasa si hay extraterrestres en el colegio?" preguntó con temor en su voz.

"Eso no es posible", dijo Mouse con firmeza.

"Como diría Libby, todo es posible", le discutió Rebekah. "Todo lo que sé, es que hay una luz brillante moviéndose por el cielo ¡y está justo encima de nuestro colegio! Tal vez estén dejando algún extraterrestre ¡o recogiéndolos!" Se estremeció al pensar en la idea de compartir su escuela con un extraterrestre real.

"No lo sé, Rebekah", dijo Mouse en un tono bajo. "¿Por qué habrían extraterrestres en nuestra escuela?"

"Tal vez están aquí por Libby", Rebekah tembló. "¡Eso debe ser! ¡Ella los llamó, y ahora nos vienen a buscar a todos!"

"Rebekah", llamó su padre desde la puerta trasera. "Es hora de dormir".

Rebekah se dejó caer dramáticamente en el pasto. "¿De verdad cree que puedo dormir después de todo esto?" Se preguntó en voz alta.

"Te veré en la mañana Rebekah", se rió Mouse y colgó el teléfono. Rebekah miró al teléfono por un momento. Luego levantó una ceja. ¿Qué clase de niño llevaba ratones en su bolsillo después de todo? Qué pasa si Libby no era un extraterrestre después de todo. ¡Tal vez era Mouse!"

Capítulo 4

Al día siguiente cuando Rebekah llegó al colegio estaba lista para ver si había algún extraterrestre por ahí. Espero afuera a que llegara Mouse. Cuando llegó se veía un poco preocupado.

"¿Qué pasa?" preguntó Rebekah y lo miró muy de cerca.

"Oh, es que tuve un pequeño accidente", suspiró y cubrió el bolsillo de su camisa.

"¿Qué tipo de accidente?" preguntó Rebekah sintiéndose un poco más sospechosa.

"Bueno, estaba haciendo mi dibujo sobre cómo puede verse un extraterrestre. Y por supuesto, pensé que sería muy interesante si hubieran extraterrestres que se parecieran a ratones", suspiró profundamente. "Pero todos saben que los extraterrestres son verdes, así que estaba utilizando pintura verde y-"

Bigotes asomó la cabeza del bolsillo de la camisa de Mouse. ¡Estaba completamente verde! Rebekah jadeó. Ella pasó sus ojos del ratón verde a su amigo Mouse. Él era una persona muy extraña. Pero por eso era que a ella le agradaba. Sí le parecía extraño que él siempre llevara ratones a todos lados, pero esa es solo la manera de ser de Mouse.

"¿Estás seguro de que es pintura?" preguntó Rebekah y toco al ratón ligeramente con un dedo. Bigotes le chilló en respuesta.

"Sí, claro que lo es", respondió Mouse. "A menos que pienses que fue abducido por extraterrestres ¡y lo pusieron verde!" él se rió fuertemente. Rebekah no se rió y observó a Mouse más de cerca.

"Hm", dijo ella suavemente.

"¡Rebekah!" Mouse la miró de regreso. "¡Bigotes no es un ratón extraterrestre!"

"De acuerdo ¿Y qué hay de ti?" Preguntó Rebekah y tocó su barbilla suavemente.

"¿Yo?" Mouse alzó sus manos al aire. "Claro que no soy un extraterrestre. ¿Acaso te parezco un extraterrestre?"

Rebekah miró desde la cara enojada de Mouse hasta las palmas verdes de sus manos.

"Uh", dijo y apuntó a sus manos.

Mouse miró sus manos. "Oh Rebekah", gritó él. "Es solo pintura, mira", sacó un dibujo de un ratón extraterrestre que había pintado la noche anterior, para mostrarle. Había muchos ratones verdes en un planeta hecho de un brillante queso amarillo.

"¿No se comerían su propio planeta?" preguntó y se tocó la nariz.

"Oh, no había pensado en eso", dijo con el ceño fruncido. "¿Dónde está el tuyo?"

De repente Rebekah recordó que tenía tarea la noche anterior.

"Oh no, no la hice", Rebekah frunció el ceño. "Me pondrán un cero".

Mouse miro al reloj mientras entraba al colegio. "Todavía tienes tiempo", dijo él.

"Pero necesito descubrir quién es el extraterrestre", le recordó.

"¿Entonces sabes que no soy yo?" sonrió.

"Si, Mouse ¡eres muy raro para ser un extraterrestre!" se rió.

Él se agachó en una reverencia. "¡Gracias, gracias!"

Cuando llegaron a la clase de ciencias Rebekah estaba muy preocupada porque se metería en problemas por no haber hecho su tarea. Se sentó en su escritorio y comenzó a garabatear un diseño.

"¿Que se supone que es eso?" preguntó Libby mientras miraba por encima del hombro de Rebekah. Rebekah había dibujado unos extraterrestres muy altos como palitos. Hizo sus ojos grandes como platillos y sacó un lápiz de color verde de su bolso para darles un brillo verdoso.

"Extraterrestres", Rebekah se encogió de hombros.

"Esos no son extraterrestres", Libby se rió. "Los extraterrestres son cortos".

"¿Cómo lo sabes?" preguntó Rebekah y vio rápidamente a Libby. Tal vez había una razón del porqué utilizaba todas esas franelas y creía en los extraterrestres. ¡Tal vez era por que Libby era un extraterrestre!

"He leído muchos libros", dijo Libby con orgullo. "Los extraterrestres son bajos, algunos son verdes, pero otros son grises. Pero si tienen ojos grandes".

Rebekah observó a Libby muy de cerca buscando un signo de que ella fuera extraterrestre. Ella no tenía una piel verde brillante. Sus ojos eran pequeños y marrones. Además del hecho de gustarle los extraterrestres, ella no era muy extraña.

"¿Has visto alguno?" preguntó Rebekah en un suspiro.

"¡Oh sí! ¡Todo el tiempo!" dijo Libby contenta.

"¿En serio?" jadeó Rebekah.

"Bueno, en películas y televisión, quise decir", dijo Libby. "Nunca he visto un extraterrestre real en persona".

Rebekah suspiró con decepción. Sacó la lista que había impreso.

"¿Esto tiene sentido para ti?" preguntó.

Libby leyó la lista y asintió. "Si, diría que es una buena lista".

El Sr. Woods entró al salón, y Libby sonrió.

"Buena suerte con tu, ehm, dibujo", dijo mientras se apresuraba a sentarse a su puesto.

Rebekah miró dibujo a medio terminar y se estremeció. Esperaba que el Sr. Woods no se enfadara mucho con ella. Antes de que pudiera levantar la vista para verlo, él de repente apagó las luces. El salón comenzó a brillar.

"¡Oh no!" Rebekah gritó. "¡Los extraterrestres están aquí!"

Capítulo 5

"¡Rebekah!" El Sr. Woods gritó mientras todos los niños de la clase comenzaban a gritar y esconderse. "No hay extraterrestres aquí", resopló y prendió las luces. "Solo trataba de hacer más divertida nuestra muestra de dibujos. ¿Están todos bien?" miró al rededor y a los estudiantes asustados. Rebekah era la única parada en su escritorio con su libro de ciencias en la mano lista para aplastar algunos extraterrestres.

"Bájate en este instante", gruño el Sr. Woods.

Rebekah hizo una mueca y se bajó de su escritorio. "Ahora ¿qué te hizo decir algo como eso?" preguntó el profesor.

"Bueno, el salón estaba brillando", murmuró Rebekah mientras algunos niños se reían de ella.

"Si, bueno, las estrellas que brillan en la oscuridad hacen eso", dijo el Sr. Woods apuntando a las estrellas que había pegado en el techo.

"Oh", dijo Rebekah calladamente. Sus mejillas estaban coloradas. Ella normalmente estaba calmada y podía descubrir cualquier misterio, pero este la tenía al borde.

"Ahora jovencita, ya que quisiste causar tanto caos, puedes presentar primero tu dibujo", el cruzó sus brazos.

Rebekah tomó su dibujo a medio terminar.

"Oh ya veo", dijo el Sr. Woods con un movimiento de su cabeza. "¿Es sólo que no hiciste tu tarea y esperabas que los extraterrestres te salvaran?"

Rebekah suspiró mientras miraba sus zapatos. "Bueno, leí algo sobre extraterrestres pretendiendo ser personas, y yo-"

"Rebekah", el Sr. Woods la miraba directo a los ojos. "No dejaré que estés asustando a los demás niños. Hay muchas ideas sobre extraterrestres allá fuera, pero esta clase se supone que sea divertida. No pretende dar miedo. No hay extraterrestres pretendiendo ser humanos".

Rebekah abrió su boca para decir algo más, pero el Sr. Woods negó con la cabeza.

"Siéntate", y apuntó al escritorio de Rebekah. Rebekah se sentó. Pero no antes de notar que cuando la manga del Sr. Woods se movió de su muñeca, había un destello verde en su piel. Sus ojos se abrieron mientras lo observaba. Durante el resto de la clase notó su cabello salvaje, sus ojos de forma extraña, y su ropa arrugada. Él era un profesor muy extraño. ¿Lo suficiente para ser un extraterrestre?

Invasión Extraterrestre

Capítulo 6

"¡Mouse! ¡Mouse!" Rebekah lo persiguió después de clases. Él se detuvo en el pasillo y se volteó para verla.

"¿Qué pasa?" preguntó con el ceño fruncido. Él se había asustado cuando ella dijo que había extraterrestres. El también se había molestado por no poder mostrar su dibujo de un planeta de ratones extraterrestres por que el Sr. Woods había decidido que la clase era muy aterradora.

"Creo que el Sr. Woods es el extraterrestre", dijo Rebekah, sin aire por haberlo llamado tantas veces.

"¿Qué?" gruño Mouse y se dio una palmada en la frente con su propia mano. "Rebekah ¿qué fue lo que se te metió? ¡El Sr. Woods no es un extraterrestre! ¡Libby no es un extraterrestre y yo no soy un extraterrestre!"

Rebekah hizo un pequeño puchero. "¿Pero cómo lo sabes?", preguntó, con su corazón latiéndole rápidamente.

"Como dijo el Sr. Woods, no hay extraterrestres pretendiendo ser humanos", dijo Mouse firmemente.

Rebekah mordió su labio inferior e inclinó su cabeza a un lado. Ella entornó los ojos y tocó su barbilla.

"¿Pero no crees que eso sería lo que un extraterrestre pretendiendo ser un maestro de ciencias diría?" preguntó con un suspiro rápido.

"Rebekah, Rebekah", Mouse negó con la cabeza.

"¿Y qué pasa con la luz que vi?" le recordó. "Se la diferencia entre una estrella y una luz flotando sobre la escuela", dijo.

"Bueno", Mouse frunció el ceño, no estaba seguro de que había sido esa luz.

"Solo confía en mi", le imploró Rebekah. "Vi la muñeca del Sr. Woods ¡y era verde!"

"Como mis manos", Mouse le mostró sus palmas de nuevo.

"Si, pero ¡estaba brillando!" dijo ella rápidamente. "En serio lo vi esta vez".

Mouse frunció el ceño. Rebekah era una de las chicas más inteligentes que conocía. Podía resolver cualquier misterio. Pero nunca la había visto tan asustada.

"Está bien, Rebekah", asintió. "Vamos a resolver esto juntos. ¿Pero cómo?"

Rebekah empujó a Mouse a la esquina del pasillo antes de que el Sr. Woods los viera. "Tenemos que averiguar que hace después de clases. Estoy segura de que si es un extraterrestre debería haber mucha evidencia en su salón de clases".

Mouse estaba acostumbrado a hacer investigaciones con Rebekah, pero esta era diferente. Estaba hablando de espiar a un maestro.

"No te preocupes", Rebekah dijo cuándo vio que fruncía el ceño. "Cuando salvemos a todos del maestro de ciencias extraterrestre ¡nos llamaran héroes!"

Mouse asintió y desde su bolsillo Bigotes chilló.

Capítulo 7

Después del colegio acamparon detrás de unos autos del estacionamiento del personal. Sabía que la mayoría de los profesores se quedaban después de clases para calificar y prepararse, y que el Sr. Woods haría lo mismo. Pasaron el tiempo dándole de comer a Bigotes pedazos de queso oloroso.

"¿Por qué está tan asustado?" Rebekah preguntó mientras el pequeño ratón volvía dentro del bolsillo de Mouse.

"Es el ratón más pequeño de todos", explicó Mouse. "Los otros ratones siempre llegan a la comida primero, creo que está acostumbrado a que lo empujen",

"Pobre Bigotes", dijo Rebekah y le ofreció un poco más de queso. Cuando el sol comenzó a bajar muchos maestros comenzaban a irse del colegio.

"Ahora sólo tenemos que esperar a que el Sr. Woods se vaya y entrar antes de que el conserje cierre la puerta", dijo Rebekah rápidamente.

"¿Qué pasa si nos quedamos encerrados?" Mouse frunció el ceño.

"Encontraremos la manera de salir", dijo Rebekah con firmeza.

"Bien, porque no quiero pasar toda la noche atrapado en el colegio", advirtió Mouse. "Te aseguro que es aterrador en la noche".

"Oh Mouse, no existe nada aterrador", ella volteo los ojos por la simple idea.

"Uh, en serio ¿entonces como llamas a un profesor de ciencias que brilla?" dijo mientras señalaba al Sr. Woods. Se había quitado la bata de laboratorio y estaba caminando hacia su auto. ¡Sus brazos estaban brillando!

"¡Te lo dije!" dijo Rebekah entre dientes y tuvo que detenerse de hacer un baile feliz.

"No puedo creerlo", jadeó Mouse. "Nuestro maestro de ciencias es en serio un extraterrestre".

"Shh", Rebekah se agachó aún más detrás del auto en el que se escondían. Tan pronto como el Sr. Woods se sentó en su auto, corrieron directo a la puerta trasera del colegio. Por suerte todavía no estaba cerrada. Se deslizaron dentro.

Los pasillos vacíos eran de verdad un poco aterradores. No había ruido de niños riendo o maestros gritando. Era un silencio espeluznante.

"Apresúrate", dijo Rebekah mientras caminaba por el pasillo. Mouse la persiguió. Cuando llegaron al ala de la escuela donde estaban los salones de ciencias, las luces de los pasillos ya habían sido apagadas. Estaba oscuro. Excepto por la puerta del salón del Sr. Woods. ¡Estaba brillando!

"Ugh", Mouse se estremeció. "No creo que debamos ir allí dentro".

"Tenemos que ser valientes", insistió Rebekah. "Tenemos que tener alguna prueba de que el Sr. Woods es un extraterrestre o nadie nos creerá", dijo y continuó caminando por el pasillo.

Cuando llegaron al salón de clases, vieron dentro. Estaba brillando verde, y en la mitad del brillo, también brillando, estaba una niña. No podían ver su rostro al principio. La niña se volteó lentamente.

"¡Libby!" Mouse grito.

Rebekah puso su mano encima de la boca de él. "¡Shh!" siseó. Escucharon pisadas que venían del pasillo.

"Tenemos que ayudarla", dijo Mouse. "¡El Sr. Woods debió haberla convertido en extraterrestre!"

"Alguien viene", susurro Rebekah y jaló de la mano de Mouse

"¿Quién es?" Mouse preguntó con el ceño fruncido. Rebekah echó un vistazo por el pasillo. En la oscuridad, el Sr. Woods caminaba hacia ellos.

"¡Ah!" Rebekah puso su propia mano en su boca para evitar gritar.

"¡Corre!" Mouse chilló y ambos comenzaron a correr por el pasillo.

"Rebekah ¡ven acá!", llamó una voz a gritos.

Pero ninguno de los dos dejó de correr. Probaron todas las puertas hasta que hallaron una abierta. Mientras corrían por el campo de fútbol, el sol ya se había puesto. El campo de fútbol estaba oscuro. ¡Excepto por una luz brillante que parecía estar persiguiéndolos!

Capítulo 8

"¡Sigue corriendo Mouse!" gritó Rebekah, tratando de ocultarse de la luz. Se balanceaba hacia atrás y adelante a través del campo.

"¡Lo hago, lo hago!" gritó Mouse y de repente se detuvo. "Oh no", puso su mano en el bolsillo de su camisa. "¡Oh no! ¡Bigotes está perdido!"

"¿Qué?" Rebekah dejó de correr y se dio la vuelta. "¿Dónde está?"

"¡No lo sé!" gritó Mouse con pánico. "No está en mi bolsillo. ¡Debió haberse caído mientras corríamos!"

"Búscalo, búscalo", dijo Rebekah rápidamente. La puerta trasera del colegio se estaba abriendo. Podía ver al Sr. Woods en la puerta.

"¡Rebekah!" gritó de nuevo cuando vio a ambos en el campo de futbol.

"¡Apresúrate Mouse!", le rogó.

"Lo intento", sollozó Mouse. "¡Pero él es verde, y el pasto también!"

"Solo vámonos y ya", dijo Rebekah y trató de tomar la mano de Mouse.

"¡No Rebekah!", protestó. "No puedo, no puedo dejarlo aquí. El Sr. Woods lo convertirá en un ratón extraterrestre de verdad. ¡Justo como convirtió a Libby en una niña extraterrestre!"

El Sr. Woods corría por el campo de futbol, y Rebekah estaba muy asustada. Pero sabía que Mouse no se iría sin Bigotes, y ella no iba a dejar a Mouse ahí.

"Muy bien, busquemos", dijo rápidamente. Ambos cayeron en sus manos y rodillas y comenzaron a buscar en el pasto por el pequeño ratón de color verde.

"¿Buscan esto?" les dijo una voz por detrás.

Mouse y Rebekah levantaron la vista lentamente para ver a un pequeño ratón verde chillando y olfateando en la palma verde de la mano del Sr. Woods.

"¡Oh no, es muy tarde!" gritó Mouse dramáticamente y se arrojó al pasto. "¡El Sr. Woods lo convirtió en un ratón extraterrestre!" ¡Míralo! ¡Está brillando!"

Rebekah estaba demasiado sorprendida para tratar de correr. Las manos del Sr. Woods estaban brillando de un verde intenso, lo cual hacia ver que Bigotes brillaba también.

"¡Aléjate extraterrestre!" gritó Rebekah mientras se ponía de pie. "Tal vez hayas atrapado a Bigotes, pero jamás tendrás a Mouse!"

El Sr. Woods suspiró y negó con la cabeza mientras veía a Mouse golpeando el suelo con sus puños y a Rebekah moviendo sus manos con golpes de karate en su dirección.

"Creo que ustedes dos están un poco confundidos", dijo él tranquilamente y acariciando al ratón en su mano. "¿Tal vez deberíamos hablar sobre lo que creen que está sucediendo aquí?"

"Usted es un extraterrestre que se hace pasar por un maestro de ciencias", dijo Rebekah como si fuera bastante claro.

El Sr. Woods miro a Rebekah directo a los ojos y lentamente levantó una ceja.

"No soy un extraterrestre, Rebekah", dijo severamente.

"Pero sus manos", ella apuntó a sus manos verdes y brillantes.

"¿Y la luz?" Mouse apuntó a la luz brillante.

"Y sus brazos", Rebekah apuntó a sus brazos brillantes.

"¡Y Libby!" sollozó Mouse. "¡Oh pobre Libby!"

"No soy un extraterrestre", el Sr. Woods dobló sus brazos. "Soy un profesor de ciencias tratando de planear una sorpresa para sus estudiantes".

"¿Una sorpresa?"

"Si", sonrió. "Quería que todos tuvieran un poco de diversión alienígena. Entonces decore el salón con algo de pintura fluorescente, pero", le mostró sus manos de nuevo con Bigotes todavía retorciéndose en ellas. "Algo de la pintura se quedó en mis manos y brazos. Conecte el reflector porque quiero que seamos capaces de venir aquí y observar las estrellas, y ver si podemos descubrir una nave espacial. Pero tenemos que tener un poco de luz para que nadie tropiece o se haga daño".

"¿Y Libby?" preguntó Rebekah nerviosa.

"Libby tiene mucha información sobre extraterrestres, así que se ofreció a ayudarme con la sorpresa", suspiro y movió su cabeza. "Apagamos todas las luces para asegurarnos de que el salón de clases brillara de verdad".

"Oh", dijo Rebekah calladamente. Pensó por un momento, y luego miró hacia arriba. "Por supuesto, yo sabía eso desde el principio. Era Mouse el que creía que usted era un extraterrestre. Quiero decir, después de todo ¡los extraterrestres no existen!"

60

Mouse giró sus ojos mientras tomaba a Bigotes de la mano del Sr. Woods.

"Tal vez la próxima vez que quieras investigar algo Rebekah, lo primero que deberías hacer es preguntar, Sr. Woods ¿es usted un extraterrestre?"

Rebekah rió. "Está bien, lo haré", dijo ella.

"Por lo menos sabemos que la pintura fluorescente funciona", dijo el Sr. Woods con una mueca. "Por qué no vienen ustedes dos y nos ayudan a mí y a Libby a terminar la sorpresa ¿les parece?"

Mouse y Rebekah asintieron y siguieron al Sr. Woods hasta la escuela.

"Ahora Mouse, algo curioso sucedió con esta pequeña mascota verde", dijo el Sr. Wood con el ceño fruncido.

"uh, ¿era parte de la sorpresa?" dijo Mouse.

"Oh, ya veo", el Sr. Woods se rió y le dio unas palmadas en la espalda. "¡Nos aseguraremos de que sea la estrella del espectáculo!"

Rebekah – Niña Detective #3
Magellan Desaparece

PJ Ryan

Rebekah - Niña Detective #3

Magellan Desaparece

Capítulo 1

"Oh si, ya veo", murmuró con su mejor voz de detective. Ella colocó sus manos en el alfeizar y vio por la ventana. Era un día común en su ordinario vecindario. Había estado mirando por la ventana por un rato, esperando ver algo sospechoso. Quería tener una aventura, pero no creía que nadie más quisiera. Todos parecían tener algo que hacer, o estaban interesados en algo más. Era el comienzo del verano y ella estaba lista para divertirse un poco. Tristemente, tenía un resfriado y no podía ir a la piscina todavía. Así que decidió hacer su otra actividad favorita, la investigación. Su madre lo llamaba espiar. Su padre lo llamaba ser una pequeña entrometida. Pero ella lo llamaba prestar mucha atención. Ella le estaba prestando mucha atención a la pareja de ancianos caminando por la calle con su pequeño perro. Ella estaba segura de que estas personas no eran tan dulces y amables como se veían. Estaba a punto de comenzar una investigación cuando su teléfono sonó. Corrió hacia el soporte junto a su cama, donde lo estaba cargando.

"¿Aló?" dijo esperando que fuera una aventura llamando.

"Oh--- Que bueno que contestaste", dijo Mouse por el teléfono. Mouse era su mejor amigo. Él tenía pequeños ratones de mascota, así que todo el mundo lo llamaba Mouse, como ratón en inglés. De hecho, tal vez haya sido ella la que lo comenzó, pero de todas maneras, él era conocido como Mouse.

"¿Qué pasa?" preguntó.

"Es Magellan", suspiró. "No está".

"¿Es ese un ratón?" preguntó.

"¡Sí! ¡Mi ratón favorito!" gritó.

"¿En serio?" ella frunció el ceño.

"De acuerdo, todos son mis favoritos", dijo. "Pero Magellan es tan pequeño, estoy asustado de que este perdido o herido en alguna parte".

"¿Revisaste todos tus bolsillos?" preguntó. A Mouse le gustaba tener a sus mascotas en su bolsillo junto con él de vez en cuando.

"Si, y todos los lugares usuales de escondite – debajo de la cama, en el armario, en el cesto de ropa sucia-"

"¿En el cesto?" ella jadeó.

"Si", le respondió.

"Que ratón tan valiente", se rió.

"¡Escucha!" dijo, sintiéndose frustrado. "No es gracioso ¡tengo que encontrar a Magellan!"

"Yo sé que sí", dijo. "Lo siento, no debí haber bromeado. Esto me suena a investigación", dijo firmemente. "Estaré ahí en diez minutos".

"Por favor, apresúrate", chilló Mouse.

Cuando colgó el teléfono ya en su mente estaban dando vueltas las ideas. Mientras caminaba fuera de su casa vio a la pareja de ancianos con su perro pequeño. Le sonrieron amablemente. Les sonrió de vuelta, pero sabía que estaban ocultando algo.

La caminata hacia la casa de Mouse no era muy larga. Estaba bajando la calle.

"¿Quién está ahí?" demandó mientras se volteaba para ver dentro de los arbustos. Mientras caminaba escuchó algo moviéndose en los arbustos de al lado de la acera. No había una persona tan pequeña como para ocultarse entre los arbustos. Tal vez, solo tal vez, fuese el perro de la pareja, que vino a espiarla. Vio entre los arbustos para descubrir lo que la estaba siguiendo.

En el medio de las ramas y las hojas había un pequeño gato naranja. La miró con sus pequeños ojos azules y parecía ser muy dulce.

"Aww, que gato tan lindo", ronroneó.

Ese lindo gatito no estaba contento de haber sido encontrado. Extendió la pata con sus pequeñas garras afiladas para aruñar el dedo que ella estiró para acariciarlo.

"¡Ey!" protestó. "¡Ese es mi dedo!" ella lo quitó antes de que sus pequeñas uñas afiladas pudieran cortar su piel.

Capítulo 2

El gato naranja siseó y le gruño. Él se detuvo ahí en sus cuatro patas y levantó la espalda como si fuera a atacar.

"¡Gatito malo!" dijo ella bruscamente. "¡Gatito muy malo!"

Se marchó con el ceño fruncido el resto del camino a casa de Mouse. Cuando llamó a la puerta este la abrió rápidamente.

"¡Todavía no puedo encontrarlo!" dijo él.

"Oh no", suspiró y movió la cabeza. "Siento mucho que hayas perdido a Magellan. ¡Acabo de ser atacada por un gato feroz!"

"Un gato feroz ¿Cómo un tigre?" preguntó Mouse con sorpresa.

"No tontito", dijo ella. "Pero podría haber sido, por lo fuerte que él gruñó, y lo afilado de sus garras. ¡Casi atrapa mi dedo!" ella le mostró su dedo sin marca.

"Oh, gatito malo", el negó con la cabeza.

"Eso fue lo que yo dije", ella sonrió. "¡Ahora veamos qué podemos hacer acerca de este ratón perdido!"

"Magellan", le recordó.

"Si, Magellan", dijo ella. Sacó su pequeña libreta. "¿Cuándo fue la última vez que viste a tu ratón?" dijo.

"Esta mañana, después de dejarlo salir de su laberinto". Respondió. "Estuvo en el castillo con los demás ratones, pero no pude encontrarlo cuando era momento de ponerlo en su jaula".

"¿Hay alguna otra salida del laberinto?" preguntó curiosa.

"Ven, te mostraré", dijo. "Construí una nueva ayer".

El cuarto de Mouse estaba lleno de todo tipo de inventos que había creado para mantener a sus pequeños ratones felices. Tenía una montaña rusa para ratones, bicicletas para ratones, e incluso un set de columpios para ratones. Él caminó hasta su última creación, un gran laberinto con sus torres de castillo y un puente levadizo. Los ratones debían comerse el queso para que el puente levadizo bajara.

"¡Esto es genial!" dijo ella con una sonrisa. "Me encantaría correr por él".

"Tendrías que ser algo más pequeña", dijo Mouse pensativo. Ella podía darse cuenta de que él ya estaba inventando alguna idea en su cabeza de cómo hacer un laberinto tamaño real.

"¿Así que todos los ratones estuvieron aquí?" preguntó y le echo un vistazo de cerca. "Oh Mouse uno de tus ratones tiene un gran apetito", dijo ella.

"¿Huh?" Mouse vio a la esquina del laberinto que ella estaba señalando. Había un pequeño agujero masticado a través de la caja de cartón.

"Tal vez pensó que era queso", dijo ella.

"Oh no", se golpeó la frente con la mano y gruñó. "¿Cómo no pude ver eso? ¡Podría estar en cualquier parte!"

"Mientras no haya salido de la casa, podemos encontrarlo", le aseguró, "Solo echemos un buen vistazo a ver por donde se podría haber ido".

"¿Cómo podemos hacer eso?" preguntó Mouse. "Es tan pequeño que no hay manera de saber a qué lado fue".

"Siendo ratones", dijo Rebekah firmemente y se agachó en cuatro patas justo al lado del laberinto. Comenzó a buscar a lo largo del rodapié por cualquier lugar que el ratón podría haberse ocultado. Mouse se dejó caer a su lado y comenzó a buscar también.

Capítulo 3

Lo que descubrieron fue que Mouse no limpiaba debajo de su cama o de su escritorio muy a menudo. No encontraron ningún ratón perdido.

"Hm", Rebekah frunció el ceño y se apoyó en sus talones. "Tal vez lo estamos viendo de la manera incorrecta", dijo pensativa. "Tal vez no sea que Magellan salió, sino que algo más entró".

"¿Qué pudo haber entrado?" preguntó Mouse.

De repente Rebekah jadeó. "¡Ya lo sé! ¡El gato feroz que vi en los arbustos!"

"¿Cómo pudo haber entrado un gato aquí?" Mouse sacudió su cabeza con incredulidad.

Rebekah apuntó a la ventana. Las cortinas se movían con una brisa ligera. Cuando fueron a ver, vieron que la cortina estaba colgando.

"¿Cómo pudo haber pasado eso?" Mouse se preguntó.

"Bueno, tal vez así fue como el gato entró", dijo Rebekah. Ella se tocó la barbilla ligeramente y luego miró de cerca las cortinas.

"No veo marcas de garras", dijo ella.

"Yo tampoco", asintió Mouse.

"Debió haber habido un fuerte viento que las empujó," dijo Rebekah "Entonces, el gato pudo haber subido. Probablemente escuchó todo el chirrido de los ratones y--"

"¡Oh, no Rebekah, ¿qué estás diciendo?" Mouse se quedó sin aliento. "¿Crees que el gato se comió a Magellan de cena?" se dejó caer en su cama con un suspiro.

"Espero que no," Rebeca se mordió el labio inferior. "Ese gato es una amenaza. Yo digo que lo encontremos y lo llevemos al veterinario. Ella será capaz de saber si se tragó a Magellan".

"¡Que horrible pensamiento!", Mouse resopló. "Pobre Magellan".

"No te preocupes", dijo Rebekah. "Tal vez el gato solo lo escondió en alguna parte. Tal vez todavía podamos encontrarlo a salvo".

"Tal vez", Mouse asintió un poco pero no se veía muy esperanzado. "¡Atrapemos a ese gato!"

Fueron a la cocina de Mouse y tomaron algunos suministros del refrigerador. Un poco de pavo para tentar al gato. Un poco de queso en caso de que encontraran a Magellan y dos botellas de agua para ellos. Iba a ser un largo día cazando del gato.

Capítulo 4

Una vez fuera, Mouse buscó por cualquier señal de Magellan, mientras Rebekah buscaba en todas partes alguna señal del gato. No pasó mucho tiempo antes de que escuchara el crujido de nuevo.

"Oh pequeño gatito", cantó. Ella tenía una pequeña jaula que tenía Mouse para transportar a sus ratones. Era lo suficientemente grande como para que cupiera el gato naranja. Si conseguían meter al gato en ella, claro está.

"Vamos por aquí", dijo ella en un susurró cuando oyó el crujido de nuevo.

Los dos se arrastraron lentamente en dirección al sonido. Esperando encontrar al gato naranja, Rebekah tenía la jaula abierta y lista para atraparlo. ¡En vez de coger el gato ella cogió un pájaro en la jaula! Se había estado preparando para despegar, y cuando ella sostuvo la jaula sobre las hojas, el voló hasta el interior de la misma.

"¡Ah!" Rebekah gritó cuando sus alas se agitaban salvajemente.

"¡Ah!" Mouse chilló mientras ella abría la jaula hacia él y el pájaro salió volando por la puerta. Podía sentir el viento de sus alas mientras volaba rápidamente.

Ambos miraron después al pájaro que volaba lejos, mientras reían y luchaban por respirar por respirar.

"Vaya eso fue salvaje", Mouse rió y agarró la jaula de la mano de Rebekah

"No hay ningún gato aquí", dijo mientras se asomaba dentro de la jaula.

"Lo sé, lo sé", dijo, y se encogió de hombros. 'Tal vez encontró un hogar ".

En ese momento vio algo de color naranja pasando rápidamente a través de la calle.

"¡Mira!" señaló a la mancha. "¡Ahí va!"

Los dos comenzaron a correr rápidamente tras el gato. La jaula colgaba de la mano de Mouse mientras corría tan rápido como podía.

"Oh vamos a atraparte, gato", gritó Rebekah

El gato era muy rápido y podía correr a través de espacios pequeños. Se escurrió debajo de una cerca y corrió a través de un jardín. Mouse se detuvo en la cerca. Rebekah siguió adelante, decidida a conseguir al gato. No se dio cuenta que había pisoteado el jardín hasta que oyó un grito desde la ventana.

"Rebekah! ¡Fuera de mi jardín!" La Sra. Beasley exigió al ver el estado de su jardín. "¡Vas a replantar eso!"

"Sí, por supuesto, Sra. Beasley, lo siento", suspiró. "Verá, es este gato, y creemos que se comió el ratón de Mouse."

"Rebekah, no me importa," la Sra. Beasley negó con la cabeza. "Sólo quiero que mi jardín vuelva a la normalidad.

"Le prometo que voy a arreglarlo", dijo Rebekah con firmeza y luego comenzó a perseguir al gato una vez más.

Mouse caminaba por el jardín y sonrió disculpándose con la Sra. Beasley. Cuando llegaron al borde del patio no había ni rastro del gato.

"¿A dónde fue ahora?" Rebekah se preguntó. Entonces oyeron un gruñido de un montón de piedras al lado de ellos.

"Oh ahí estás," Rebekah gruñó. Se agachó y le indicó a Mouse que le diera a ella la jaula. Él la entregó y ella estaba lista para coger al gato dentro de la misma. Le tendió el trozo de pavo.

"Aquí gatito, gatito", dijo dulcemente. "¡Tengo un regalo para ti!" dijo ella.

El gato avanzó desde detrás de las rocas, con la cabeza baja, la espalda arqueada.

"Miau!" Dijo Mouse tratando de maullar como un gato lo haría. Rebekah miró sobre su hombro hacia él con una ceja levantada.

"¿Qué?", Dijo. "Puede que funcione."

Rebekah sacudió la cabeza y volvió a mirar al gato.

"Uno, dos, tres," susurró ella, y luego se lanzó hacia adelante con la puerta abierta de la jaula. El gato chilló e intento escaparse, pero la jaula estaba sobre él antes de que pudiera escapar.

"¡Te tengo!" Rebekah sonrió e hizo todo lo posible para cerrar la jaula. El gato estaba dando golpes con sus afiladas garras a través de los agujeros de la jaula. Él estaba gruñendo bajo y siseando.

"Oh, está asustado", dijo Mouse. "No te preocupes pequeño gato", dijo dulcemente. "No es tu culpa que comas ratones ¡todos los gatos lo hacen!"

"No hables con el prisionero!" Rebekah exigió. "Este gato está en nuestra custodia ahora, y tendrá que ser sometido a juicio."

"¿Juicio?" Mouse tragó saliva.

"Juicio", repitió Rebekah. Entonces ella levantó la jaula para poder mirar los pequeños ojos azules del gato.

"Vamos al veterinario con éste, para que podamos obtener alguna evidencia concreta."

Capítulo 5

Durante todo el camino al veterinario, el gato gruñía y siseaba.

"Que gato tan malo", Rebekah sacudió la cabeza.

"Él no es malo", dijo Mouse. "Solo no le gusta estar en esa jaula".

Rebekah mecía la jaula ligeramente de adelante hacia atrás. La mantenía lo suficientemente lejos de sus piernas para evitar que sus garras rompieran sus shorts.

"Si tú lo dices", dijo ella, "pero a mí me parece bastante malo".

"No tiene hogar, Rebekah", dijo Mouse tristemente. "Yo no sería muy amable si no tuviera hogar, y creo que tú tampoco lo serias".

"Tal vez, pero eso no le da derecho a estar devorando ratones", dijo firmemente. Cuando llegaron a la oficina del veterinario ella miró al gato de nuevo.

"Esto es Sr. Gatito, el momento de la verdad. Podremos saber con el veterinario si le hiciste algo a Magellan", hizo una pausa y miró seriamente al gato. "¿Quieres hacer una confesión ahora?"

El gato siseó. "Ah, uno difícil, puedo ver", ella chasqueó la lengua y se llevó al gato a la oficina del veterinario.

"¡Mouse!" la veterinaria exclamó cuando vio al joven. Ella lo conocía bien ya que a menudo traía a sus ratones para chequeos y para ver si estaban comiendo correctamente.

"¿Cómo estás?" -le preguntó con una brillante sonrisa. La Dra. Winston tenía el pelo largo y negro, y grandes ojos marrones. Ella tenía una sonrisa que hacia parecer que su rostro brillaba. Era una de las mejores personas en el barrio, según Rebekah.

"No tan bien", dijo Mouse mientras se acercaba a ella. "Magellan está perdido."

"¡Oh, no!" dijo la Dra. Winston. "Bueno, ya sabes que los ratones son grandes artistas del escape", dijo con el ceño fruncido. "Apuesto a que va a estar de vuelta en poco tiempo".

"Tal vez no," dijo Rebekah cuando ella dejó caer la jaula con el gato aullando y maullando sobre el escritorio frente a la oficina.

"¿Quién es este?" La Dra. Winston preguntó y miró dentro de la jaula." ¿No es esta jaula un poco pequeña para este gato?"

"Era todo lo que tenía", dijo Mouse rápidamente.

"Este es el gato que se llevó a Magellan", dijo Rebekah con severidad. "Por lo menos, eso es lo que sospechamos."

"Ah, ¿sí?" La Dra. Winston preguntó mientras abría la jaula y tomaba al pequeño gato fuera de esta. Ella acaricio su pelaje naranja con dulzura y este comenzó a relajarse. Ni siquiera intentó arañar o morderla a ella.

"Oh, ahora estás bien," Rebekah frunció el ceño. "No lo crea Dra. Winston. Este gato sólo está siendo agradable para que usted no encuentre ninguna evidencia."

"¿Evidencia?" La Dra. Winston preguntó con sorpresa.

"Sí, vamos a tener un juicio, y necesitamos algo de evidencia de que el Sr. gatito aquí tuvo algo que ver con la desaparición de Magellan."

La Dra. Winston parecía muy confundida por un momento y luego asintió lentamente. "Ah, ya veo, evidencia", ella trató de ocultar su sonrisa. El gato era muy delgado, y ella sabía que necesitaba un poco de ayuda.

"Déjame que le eche un vistazo," dijo ella. "Voy a ver si podemos encontrar alguna evidencia de ¡un ataque al ratón!" se llevó al gato al cuarto de atrás.

Capítulo 6

Mouse se sentó en una de las sillas de la sala de espera y puso su cabeza entre sus manos. El suspiró profundamente.

"Pobre Magellan", dijo y sacudió la cabeza.

"Lo siento, Mouse", dijo Rebekah y le dio un suave abrazo. "Sé que lo querías mucho".

Mouse sollozó y asintió.

"Por lo menos si nos enteramos de la verdad podemos estar seguros de que el gato tendrá una dura sentencia por su crimen."

"Oh Rebekah," Mouse negó con la cabeza. "No creo que sería correcto castigar al gato por hacer precisamente lo que hacen los gatos. Están hechos para comer ratones, lo sabes, y estoy seguro de que el gato no lo habría hecho si se hubiera tomado el tiempo para conocer a Magellan pero esa es la forma de ser de los animales".

"Eres demasiado bueno Mouse" Rebekah frunció el ceño y se cruzó de brazos. "Sólo debemos asegurarnos de que el gato este en algún lugar en donde no pueda hacer daño a ningún otro ratón, ¿qué te parece eso?"

"Eso está mejor" Mouse asintió. "Pobrecito se ve tan triste estando solo."

"Eso es cierto", dijo Rebekah en un susurro. Ella se había dado cuenta de lo triste que parecía el gato. Recordó lo que había dicho Mouse sobre no ser muy agradable si no tuviera un hogar. Estaba en lo cierto. Si Rebekah no tuviera su hogar y sus padres para cuidarla y amarla ella, probablemente no sería muy agradable tampoco.

"Espero que esté bien", murmuró.

"¿Qué has dicho?" Preguntó Mouse ya que no la había oído muy bien.

"Oh, nada", dijo con severidad. "Ese gato es una amenaza", ella asintió con la cabeza bruscamente.

"En realidad, este gato se muere de hambre," dijo La Dra. Winston mientras caminaba de nuevo fuera de la sala de examen. "Pobrecito, no ha comido en días."

¿Quieres decir que él no se comió a Magellan? ", Dijo Rebekah con sorpresa. Estaba segura de que su teoría estaba en lo cierto.

"De ninguna manera", dijo la veterinaria. "Su abdomen estaba hinchado de querer comer. Esta allí atrás comiendo ahora mismo. Es bueno que lo encontraras Rebekah, y lo hayas traído; tendrá la oportunidad de recuperar la salud".

Rebeca estaba demasiado conmocionada por el hecho de que se había equivocado para prestar atención incluso a lo que la veterinaria estaba diciendo.

"Entonces, ¿dónde está Magellan?" Mouse preguntó con tristeza. "Él todavía está desaparecido", frunció el ceño.

"Espero que lo encuentren," Dijo la Dra. Winston. "Pero es bueno que este pequeñito este fuera de las calles. Lo mantendré aquí esta noche, y pueden venir a verlo en la mañana, ¿de acuerdo? "Sonrió a los dos niños.

"Sí," dijo Rebekah, distraídamente. Se enorgullecía de ser un gran detective y no se sentía muy bien cuando ella se equivocaba.

"Esto es algo bueno", dijo Mouse y agarró la mano de Rebekah. "Eso significa que Magellan aún podría estar bien. ¡Tenemos que encontrarlo!" Tiró de ella fuera de la oficina de la veterinaria. Cuando se fueron, Rebekah pudo oír el maullido triste del gato proveniente de la habitación de atrás de la oficina de la veterinaria.

Capítulo 7

Cuando volvieron a la casa de Mouse, comenzaron a destrozar todo. Miraron por debajo de todo en su habitación. Vaciaron su cesto de ropa sucia. Voltearon su papelera. Buscaron en el fondo de su armario ¡e incluso por encima! Buscaron en cada uno de sus zapatos."Ugh", Rebekah se quejó ante el olor que emanaba de uno en el que se asomó.

Mouse se sonrojó y metió los zapatos de nuevo en el interior del armario. Registraron el baño. Miraron en la bañera, miraron debajo del lavabo, incluso registraron el inodoro.

"No hay ratón nadador aquí" Rebekah suspiró. Salieron del baño y comenzó a buscar por la sala de estar. Miraron debajo del sofá, donde Mouse encontró un viejo bloque de queso. Miraron en el revistero, que estaba lleno de revistas sobre la crianza de ratones. Miraron detrás de la televisión y no encontraron nada más que polvo. Incluso buscaron en el paragüero.

"No hay ratón escondido aquí," Mouse suspiró. "¿Dónde puede estar?" parecía como si fuera a llorar.

"No te preocupes", dijo Rebekah. "¡Vamos a encontrar a ese ratón aunque me lleve toda la noche!" ella golpeó su pie contra el suelo. Nunca dejaba un misterio sin resolver.

"Sólo tenemos que pensar un momento," dijo ella. Su estómago comenzó a gruñir. Al principio ella pensó que era el gato de nuevo en la habitación con ellos. Entonces se dio cuenta de que era porque tenía hambre.

"¿Tienes algún bocadillo?" -preguntó a Mouse.

"Claro", dijo, y la llevó a la cocina. "Sólo tengo que encontrarlo Rebekah," él gimió mientras caminaba hasta el armario alto junto a la nevera. "Simplemente no puedo dejar que se pierda para siempre. ¿Y si está escondido en algún lugar, solo y hambriento? ¿Y si está asustado y perdido como estaba el gato?"

Rebekah frunció el ceño al pensar en el gato. Fue una triste historia en la que pensar. Rebekah guardaba la esperanza de que el gato estuviera bien por la mañana.

Mouse abrió el armario. "¿Quieres una barra de granola-ah!" gritó cuando un pequeño ratón blanco correteó a través de su zapato.

Bueno, no exactamente pequeño. La barriga de Magellan estaba redonda y llena. Rebekah se lanzó para atraparlo, pero él se retorció fuera de su alcance. Mouse se abalanzó hacia la puerta de la cocina para que no se escapara.

Estaba tan feliz de ver al ratón que no se dio cuenta del lío en el gabinete. Magellan se había servido a sí mismo unos cuantos bocadillos mientras estuvo allí. Él era un experto en masticar a través de cartón. Los cereales estaban por todo el piso. Una caja de galletas había sido roída por el medio. Incluso había conseguido hacer un agujero en la bolsa de harina, que luego arrastró por todo el piso.

Rebekah cogió una taza de la mesa y corrió hacia donde Mouse estaba bloqueando la puerta. Ella dejó caer la taza con cuidado por encima de Magellan, atrapándolo dentro. Magellan arañó la copa con sus pequeñas garras y movió su nariz rosada.

"¡Estás a salvo!" Mouse exclamó con alegría. "¡No puedo creerlo, estás a salvo!"

Capítulo 8

El ratón chillaba por dentro de la taza. Mouse deslizó su mano debajo del fondo de la taza y capturó a su amigo favorito en la palma de su mano.

"Oh, pequeño Magellan ¡has causado tantos problemas!" dijo seriamente. "No deberías masticar el laberinto".

La nariz de Magellan se retorció. Él se escabulló hacia atrás y hacia adelante a través de la mano de Mouse.

"¡Te he echado mucho de menos!", dijo Mouse y levantó al ratón para mirarlo de nuevo. Quería asegurarse de que él no se había herido mientras estaba atrapado en el gabinete. La única diferencia que podía ver era el gran vientre redondo de Magellan.

"Pues has tenido suficiente para comer", se rió Mouse y luego se detuvo al mirar dentro del armario.

"¡Oh no, cuando mamá vea esto, me hará deshacerme de todos mis ratones!" Gimió.

"Yo te ayudaré," Rebekah se ofreció. Ella cogió una escoba y un recogedor de junto a la puerta trasera. Mouse devolvió a Magellan a salvo a su jaula y luego se apresuró a volver a ayudar también. No les tomó mucho tiempo a los amigos para volver a poner el gabinete en orden. Por supuesto, no había manera de explicar las cajas dañadas o la bolsa medio vacía de harina.

"Sólo dile la verdad," dijo Rebekah en voz baja. "Es lo mejor que puedes hacer. Ella sabe que Magellan se escapó, pero lo encontraste, y limpiaste el desastre. Ella te dejará conservar a tus ratones".

"¿De verdad lo crees? ", preguntó con nerviosismo.

"Estoy segura", Rebekah asintió con una sonrisa. Pasaron el resto de la tarde jugando con los ratones de Mouse. Él decidió guardar su laberinto de cartón y comenzó a pensar en lo que podía usar en su lugar. Dibujaron algunos diseños para un laberinto de plástico. Por el momento Rebekah tenía que ir a casa a cenar, Mouse parecía estar mucho más feliz. Al decir adiós, él frunció el ceño tristemente de nuevo.

"Oh no", dijo ella rápidamente. "¿Acaso Magellan se escapó de nuevo?"

"No", frunció el ceño". Estaba pensando que si yo no tuviera un hogar lleno de ratones, le daría a ese pobre gatito una casa. "

"Oh sí, eso no sería una buena idea", se rió Rebekah.

"Lo sé, lo sé", murmuró. "Pero todo el mundo se merece un hogar".

"Tienes razón ", asintió con la cabeza. "Tal vez alguien lo adopte".

"Tal vez", Mouse sonrió. "Gracias por toda tu ayuda Rebekah. Realmente eres un gran detective".

"¡Tú eres quien lo encontró!" le recordó.

"Tal vez, pero sólo porque estabas aquí para ayudarme", sonrió.

Capítulo 9

Esa noche mientras Rebekah estaba acostada en su cama, no podía dejar de pensar en ese pequeño gato naranja. Había sido malo con ella la primera vez que lo encontró, pero ella había sido mala también. No era un gato malo, solo muy triste y muy solo. Sabía que si tuviera un hogar y alguien que lo amara, sería mucho más feliz. Siguió pensando, y pensando a quien le gustaría tener un gato. Tal vez a la pareja de ancianos con el perro pequeño. ¡El gato naranja podría estar atado a una correa también! Tal vez el cartero quisiera compañía. También estaban los maestros de la escuela. Tal vez ellos también quisieran que el gatito tuviera un hogar. Pero mientras más lo pensaba, mas sabía que ninguna de esos hogares seria el correcto para el pequeño gato naranja. El necesitaba alguien que comprendiera como era necesitar que alguien lo amara y abrazara. Rebekah se sentía diferente a los demás a veces. Incluso aunque ella y Mouse eran amigos, ella no tenía muchos otros amigos. Ellos pensaban que ella era un poco extraña por que le gustaba resolver misterios y buscar evidencia. Rebekah sabía que no importaba lo que los demás pensaran, pero a veces si se sentía un poco sola y triste. El pobre gato naranja no había encontrado a nadie que lo amara, y tal vez necesitaba a alguien que pudiera pasar todo el día con él, abrazándolo y acurrucándolo, para ayudarlo a sentirse amado.

"Tal vez él me necesita a mí", dijo ella en un suspiro y comenzó a mirar al techo. Ella nunca había pensado en llevarlo a casa consigo. Había sido quien lo había encontrado, después de todo. Por supuesto, ella nunca había preguntado a sus padres si podía tener un gato. Puede ser que no estén de acuerdo, ya que era callejero, o porque Rebekah siempre estaba tan ocupada buscando misterios. Pero estaba segura de que el gato podía ayudarla con eso. Cuando se durmió, se encontró soñando en cómo sería tener al pequeño gatito de color naranja de mascota.

Capítulo 10

A la mañana siguiente ella y sus padres fueron al veterinario a ver al gato. "De verdad no me parece que debiste intentar atrapar a ese gato", dijo su madre firmemente. "Pudo haberte arañado, mordido o algo peor. Los animales callejeros pueden ser peligrosos y siempre debes decirle a un adulto, y no tratar de atraparlo por ti misma".

"Si, mamá", dijo Rebekah y mordió su labio inferior.

"Además de eso, debiste habernos llamado y pedido ayuda", dijo su padre. "Te hubiéramos podido ayudar a atrapar al gato con una jaula del tamaño correcto, y asegurarnos de que estuviera a salvo".

"Oh Rebekah hizo un buen trabajo", dijo la Dra. Winston mientras salía de la parte de atrás. "De verdad que sí. Si no hubiera atrapado al gato, no creo que hubiera aguantado más tiempo sin comida. Fue muy valiente y supo exactamente a donde llevarlo para ayudarlo".

Los padres de Rebekah sonrieron orgullosamente. Su padre le alborotó sus rojizos rulos brillantes.

"Ella es muy inteligente", dijo con una sonrisa.

Rebekah rió muy bajito.

"Déjenme traerlo para que ustedes puedan conocerlo", dijo la Dra. Winston mientras volvía al cuarto de atrás. Cuando trajo al gato, estaba brincando con una correa. Rebekah lo miró con recelo. Se preguntó si iba a tratar de atacar de nuevo.

"Está bien Rebekah," dijo la Dra. Winston. "Está mucho mejor ahora. Él estaba muy hambriento y asustado ayer. Ni siquiera ha siseado en todo el tiempo que ha estado aquí."

Rebekah se puso en cuclillas frente al pequeño gato de color naranja. Él ronroneó y empujó su cabeza contra sus dedos. Ella sonrió ante lo suave que era su pelaje. Ella lo acaricio con cuidado, pues no quería asustarlo.

"¿Ves que le caes bien?" aseguró la Dra. Winston suavemente. "Probablemente quiere darte las gracias por haberle ayudado."

"De nada," dijo Rebekah dulcemente y siguió acariciándolo. Ella levantó la vista hacia sus padres con los ojos bien suplicantes.

"Oh Rebekah," su madre frunció el ceño. "No lo sé."

"Hm", dijo su padre mientras miraba al gato. "¿Así que es saludable?", se preguntó.

"Lo es, sólo necesita algunas comidas adicionales, y estará bien", la Dra. Winston le aseguró. "Nosotros lo podemos tener en el refugio, pero estaría mucho mejor en un hogar lleno de amor."

El padre de Rebekah miró por encima de su cabeza a su madre. Ambos miraron hacia abajo a su hija siendo tan gentil y amable con el pequeño gato.

"Está bien," finalmente dijo su madre. "Pero sólo si me prometes no perderlo de vista y cuidar de él. Una mascota es un gran trabajo."

"¡Yo puedo hacerlo!", Rebekah dijo alegremente. "¡Sé que puedo!"

"Nosotros también", dijo su padre, y la abrazó. Mientras sus padres completaban el papeleo, Rebekah arrugó un pequeño pedazo de papel y lo deslizó de un lado a otro por el suelo con el gato tras de él.

Rebekah, ¿cuál es el nombre de tu gato? "Su madre exclamó. Tenía que escribirlo en el papel que ella estaba llenando. Rebekah no había pensado en ello. Ella sólo había estado llamando al gato de una manera desde que lo encontró.

"Sr. Gatito," dijo ella con una voz muy seria.

Sus padres trataron de no reírse. "Sr. Gatito será", dijo su padre mientras su madre anotaba el nombre.

Cuando salieron de la oficina del veterinario, Rebecca era la orgullosa nueva dueña del gato más malo que había conocido nunca.

Rebekah – Niña Detective #4
Cazando Fantasmas

PJ Ryan

Rebekah - Niña Detective #4

Cazando Fantasmas

Capítulo 1

A Rebekah y a su mejor amigo Mouse les gustaba hacer todo juntos. Ellos jugaban kickball. Hacían carreras con los ratones mascota de Mouse. Incluso investigaban misterios juntos. Pero esa noche no harían nada de esas cosas. Esa noche verían una película bastante terrorífica. La idea de una película terrorífica fue de Mouse por supuesto. Mouse tenía mucha curiosidad por todas las cosas terroríficas. Le gustaban los extraterrestres, los fantasmas, y los monstruos. Al menos, le gustaba aprender sobre ellos. En realidad no le gustaría ver a ninguno de ellos en persona. Por supuesto, según Rebekah, no había tal cosa como los extraterrestres, los fantasmas, o los monstruos, pero eso no los detenía de ser buenos amigos. Con palomitas de maíz para compartir y las luces apagadas, se sentaron en la sala de estar de Rebekah.

"¿Es esta una película de zombies ó de fantasmas?" preguntó Rebekah llevándose un bocado de palomitas a su boca.

"Una de fantasmas", respondió Mouse comiendo también un poco de las palomitas. "Es bastante terrorífica", le advirtió.

"No puede ser tan terrorífica", le discutió. "Porque los fantasmas no existen".

"Eso es lo que todos dicen hasta que ven uno", señaló Mouse.

"Nunca he visto, ni veré uno", dijo Rebekah, levantándose. "Los fantasmas son imposibles, y no hay manera de que nadie pueda probar que son reales", suspiró Rebekah mientras Mouse volteaba sus ojos.

"¡Solo ve la película!" insistió y llenó su boca de palomitas de maíz. Le dio unos pocos pedazos al pequeño ratón que tenía en su bolsillo. Su ratón mascota mordisqueaba las palomitas. Al ratón no le importaba que película pasara en la televisión. Sin embargo era una película muy terrorífica, y para cuando terminó, Rebekah estaba un poco asustada.

"¿Cómo voy a dormir ahora?" preguntó con el ceño fruncido.

"Creí que habías dicho que no le temías a los fantasmas", bromeó Mouse.

"No les temo", insistió. "¡Pero me asustan un poco las personas que harían una película como esa!"

Los dos amigos rieron y se dijeron buenas noches. Rebekah fue a su habitación y se acurrucó en la cama. Estaba un poco nerviosa por apagar las luces después de esa película, pero ignoró su miedo e hizo lo mejor posible por irse a dormir.

Rebekah estaba teniendo un muy mal sueño sobre conejos blancos. No de los conejos blancos de los cuentos de hadas, sino de los conejos de verdad que saltaban por todas partes. Los perseguía por todo el campo, y cada vez que atrapaba uno, lo dejaba ir para intentar atrapar otro.

"Regresa", llamaba a los conejos. "¡Regresa!"

De repente todos los conejos se fueron, dejando a Rebekah sola en el campo. Se dio cuenta de algo por el rabillo del ojo, un extraño resplandor. Era un resplandor con la que estaba familiarizada, pero no podía recordar exactamente que era. Cerró sus ojos por un momento para pensar, y cuando los volvió a abrir, estaba despierta en su propio cuarto. Todavía podía ver el resplandor de su sueño. En la oscuridad, era verdaderamente un resplandor espeluznante.

"No le tengo miedo a la oscuridad", dijo Rebekah calladamente mientras le echaba un vistazo a la ventana. "Pero tal vez le tenga un poco de miedo a esa luz".

El misterioso resplandor fuera de su ventana hacía que sus ojos se abrieran más. Se sentó lentamente y miró fijamente a través del cristal. Lo que vio fue más sorprendente de lo que esperaba. A través de su ventana, como si no fuera nada extraño, había una mujer en un vestido blanco. Parecía que tenía cabello blanco que le combinaba. En sus manos tenía una vela. La llama bailaba con el viento. Ella caminaba muy lentamente. El vestido era muy largo para que Rebekah viera sus pies. Ella no creía lo que estaba viendo. Era increíble, y aterrador. ¿Podría ser un fantasma?

"¡Por supuesto que no es un fantasma!" se dijo a sí misma. "¡Esa película me está volviendo loca!" parpadeó un par de veces, segura de que estaba viendo una especie de reflejo en el cristal de su ventana. Luego volvió a ver. Allí estaba, todavía caminando por su patio trasero, con su vela extendida delante de ella.

"¿Pero qué rayos…?"

Mientras Rebekah se tapaba con las sabanas vio al ser que continuaba caminando entre su casa y la casa de al lado. La mujer no tenía ninguna expresión. Parecía estar mirando hacia la noche. Por mucho que Rebekah buscara una explicación para su presencia, no podía despejar su cabeza para pensar en una solución. Lo único que sabía era que no era normal ver una mujer en un vestido blanco caminando por su patio trasero en la mitad de la noche. Luego Rebekah escuchó un ruido extraño. Era un sonido de castañeo. Se hacía cada vez más fuerte y estaba a su alrededor. ¡Le tomó un poco de tiempo darse cuenta de que eran sus propios dientes! No había manera de negarlo ¡estaba asustada! Volvió a meterse debajo de sus sabanas y se hundió en sus almohadas. No iba a gritar por sus padres, pero no iba a volver a mirar por la ventana. Mientras trataba de pensar como un fantasma podía ser real, comenzó a quedarse dormida. Sabía que en poco tiempo se convertiría en comida de fantasma, pero sus sabanas estaban tibias y su almohada era suave.

Capítulo 2

Se despertó con el sonido de los pájaros fuera de su ventana. Se sentó rápidamente, tratando de decidir si todavía tenía miedo. Mientras se sentaba en la orilla de su cama tuvo otro pensamiento. ¿Había sido todo un sueño? Estaba segura de que la película la había hecho pensar en cosas que no eran reales. Eso era todo. Pero todavía había una sospecha creciendo en su interior. Ella decidió demostrarse a sí misma, que no hubo ningún fantasma caminando por el patio, que en realidad nadie había caminado por el patio en absoluto.

Deslizó sus pantuflas en sus pies y se apresuró a la puerta trasera. Sus padres seguían durmiendo. De hecho, todo el vecindario probablemente dormía. Todavía en sus pijamas se agachó y miró de cerca la tierra. Sus ojos todavía estaban un poco borrosos por recién despertar, pero estaba determinada a encontrar algo de evidencia. Estaba segura de que un fantasma verdadero no dejaría huellas. El suelo estaba húmedo por el rocío de la mañana. Los pantalones de su pijama se estaban mojando en las puntas de su tobillo por el césped. Temblaba un poco por el frio de la mañana, pero lo ignoró.

"No hay fantasmas aquí", se dijo a si misma al ver algunas hojas dobladas de césped. Aunque no había huellas, como si lo que hubiera doblado las hojas hubiera estado flotando sobre ellas.

"Er", suspiró mientras negaba con la cabeza. "No, Rebekah, no es posible, no hay tal cosa como los fantasmas", estaba segura de eso. Sin embargo, mientras seguía estudiando el césped doblado estaba sorprendida por algo extraño.

"Rebekah", comenzó a llamarla una voz con un tono tembloroso. "Rebekah, ¡por qué me dejaste solo!"

Rebekah contuvo un grito y empezó a correr hacia atrás. Al hacerlo sus zapatos resbalaron en la hierba mojada y cayó justo sobre su trasero.

"¡Ouch!" suspiró. Comenzó a levantarse otra vez para ponerse en movimiento. Se congeló y miró a los arbustos. ¿Había sido realmente el fantasma? ¿Había vuelto por ella?

"Rebekah ¡lo siento! ¿Estás bien?" preguntó una voz preocupada mientras su amigo Mouse salía de los arbustos.

"¡Mouse!" resopló Rebekah mientras se levantaba del suelo. Él le tendió su mano para ayudarla a levantar. "¿Por qué me asustaste así?"

"Porque", trató de ocultar una sonrisa. "Normalmente soy yo el que está asustado, no tú. Tenía que aprovechar la oportunidad para hacerte pensar que los fantasmas podrían ser reales".

"Por esta vez", Rebekah movió la cabeza. "Creo que tienes razón".

Capítulo 3

"¿Recuerdas que se suponía que debíamos reunirnos para el proyecto de ciencias?" le dijo él mientras ella suspiraba y trataba de conseguir que su corazón no palpitara tan rápido.

"Oh sí", movió la cabeza. "Se me olvidó. Tuve el sueño más extraño, y todo por esa película. Pero no creo que haya sido un sueño".

"¿Un sueño que no fue un sueño?" se rió Mouse. "Eso si es un verdadero misterio".

"En verdad no es gracioso", suspiró mientras volvían a su casa. "Anoche vi algo muy extraño"

"¿Qué era?" preguntó curioso.

"Era algo pretendiendo ser un fantasma", respondió firmemente.

"¿Pretendiendo?", se rió. "¿Cómo sabes que estaban pretendiendo?"

"Porque, tontito, los fantasmas no son reales. Volteó sus ojos como si eso fuera algo obvio.

"¿Qué pasa si lo son?", dijo Mouse. "¿Qué pasa si estas equivocada sobre esto?"

Rebekah levantó su barbilla en el aire y resopló. "Yo nunca estoy equivocada", insistió.

"Oh ¿en serio?" preguntó Mouse. "¿Qué hay con aquella vez de la carne verde de la cafetería?"

Rebekah suspiró. "Ok, bueno, tal vez haya confundido pedazos de brócoli con carne, pero cualquiera podría hacer eso".

"Seguro", se rió Mouse.

"Mouse en serio, no hay tal cosa como los fantasmas, debes aceptarlo", dijo firmemente.

"Ven conmigo a la biblioteca y te mostraré todos los libros que hay sobre el tema", dijo. "Tal vez podamos descubrir por qué una mujer con un vestido blanco caminaba por tu patio trasero".

"¡O tal vez podamos encontrar un libro que pruebe que no hay tal cosa como los fantasmas!" dijo Rebekah riéndose. Mientras caminaban a casa de Rebekah para que ella se alistara, Rebekah se fijó en una pequeña maceta de flor con una pequeña cantidad de agua acumulada en ella.

"¿Llovió anoche? Preguntó curiosa.

"Muy temprano esta mañana", respondió Mouse. "¿Por qué?"

"Bueno, eso lo explica" dijo ella con aire de suficiencia. "No hay huellas, porque la lluvia las borró. Pero la lluvia no puede borrar el césped doblado. ¡Nuestro fantasma definitivamente tiene pies!"

"Oh eso es un alivio", se rió Mouse. "Creo" movió la cabeza mientras Rebekah corría dentro para cambiarse lo más rápido que podía. No había nada que disfrutara más que un buen misterio.

Capítulo 4

Cuando llegaron a la biblioteca había más carros de lo usual en el estacionamiento. Rebekah pensó que era extraño, pero lo ignoró. Estaba determinada a demostrar que Mouse estaba equivocado. Dentro de la biblioteca había un suave murmullo de gente susurrando. Mouse fue directo a los estantes de atrás de la biblioteca, mientras que Rebekah se dirigió a la sección de ciencia. Unos minutos después ambos se encontraron en una de las largas mesas de madera en medio de la biblioteca. Rebekah tenía una montaña de libros. Mouse tenía su propia montaña de libros. Se sentaron uno en frente del otro, listos para demostrar que el otro estaba equivocado. Mientras Rebekah miraba sus libros, escuchó que la puerta de la biblioteca se abría varias veces.

"De acuerdo con estos libros, la única manera de ver un fantasma, es si necesitan tu ayuda", dijo Mouse con el ceño fruncido. Estaba hojeando las páginas de varios libros. Estaban regados en la larga mesa enfrente de él. Rebekah veía con algo de confusión a todas las personas en la biblioteca. Nunca había visto tantas personas en la biblioteca a la vez antes de eso.

Cuando la bibliotecaria, la Sra. Peters caminó a su lado, Rebekah la llamó en un susurro. "¿Qué sucede aquí?" preguntó. "¿Por qué hay tantas personas?"

"Oh es un grupo paranormal especial", explicó la bibliotecaria. "Están mostrando todas sus herramientas, las que usan para sus investigaciones".

"¿Hay herramientas para investigaciones paranormales?" preguntó Rebekah escéptica frunciendo el ceño. "¿Cómo pueden haber herramientas si los fantasmas no existen?" se preguntó.

La Sra. Peters sonrió pacientemente a Rebekah. "Es bueno que estés tan interesada en el mundo de la ciencia, Rebekah, pero es importante recordar, que no se sabe todo sobre el mundo. Las personas tienen derecho a tener diferentes opiniones sobre lo que es real y lo que no", ella hizo una pausa mientras Rebekah suspiraba. "Deberías ir a ver las herramientas, son bastante científicas".

"Ves", anunció Mouse orgullosamente. "Herramientas científicas", sonrió como si hubiera ganado.

"Herramientas para investigaciones paranormales", musitó Rebekah mientras le hacía frente a Mouse. "¡Suena a que estamos de suerte! ¡Veamos lo que tienen que decir sobre los fantasmas!"

Capítulo 5

Se dirigieron a las dos largas mesas cubiertas con equipos que los investigadores paranormales habían traído con ellos para su charla. Los dos hombres estaban parados al frente la biblioteca. Tenían todo tipo de herramientas especiales para detectar fantasmas y actividad supernatural. Mouse estaba muy interesado. Seguía inclinándose mas cerca para ver los diferentes artefactos. Rebekah, que siempre ha admirado a un detective, estaba más interesada en ver como organizaban todo para que ella y su compañero no fuesen detectados.

"Para esta demostración necesitaremos que todos estén bien callados", dijo el hombre más alto. Apuntó a la bibliotecaria que estaba al lado del interruptor de la luz de la pared. Luego un débil resplandor comenzó desde la mesa donde los hombres tenían sus equipos.

"Este suave resplandor sentirá el más pequeño movimiento. Si algo se mueve, brillará", explicó el hombre. "Esto le da a nuestras cámaras la oportunidad de capturar mejor lo que se esté moviendo".

El hombre junto a él comenzó a hablar. "Así que como estamos muy callados, también debemos estar bastante quietos. Y tal vez, solo tal vez, tendremos una señal de que algo misterioso está aquí con nosotros".

Rebekah volteó sus ojos. Estaba segura de que no habría nada misterioso en la biblioteca, al menos nada más misterioso que esos dos hombres y sus extrañas historias.

Mouse estaba mucho más interesado que Rebekah. Seguía acercándose más al resplandor. Todo el mundo estaba muy callado, y muy quieto. Eso fue hasta que de repente la luz comenzó a brillar muy fuerte, y algo blanco saltó por la mesa.

"¡Ah!" muchas personas de la multitud exclamaron. Algunos incluso se cayeron de sus sillas. Algunos gritaron y corrieron a la puerta. Los dos hombres que hicieron la demostración jadearon de sorpresa. No esperaban que nada pasara, eso era seguro.

"¡Esperen, esperen!" dijo el hombre más alto. "Esta es una gran oportunidad para mostrarles cómo funciona esto" Hizo una pausa y barrió su mirada sobre las personas que habían quedado en la audiencia. "Ahora ¿Quién tiene una idea de lo que acabamos de ver?"

"¡Un fantasma!" dijo Mouse mientras se levantaba de su silla. "¡Un fantasma de verdad!

Los dos hombres sonrieron por su entusiasmo. "Tal vez", dijo uno. "¿Alguien más?" preguntó.

Rebekah frunció el ceño mientras ambos recibían respuestas del resto del público. No estaba segura de lo que había sido ese borrón, pero sabía que no podía haber sido un fantasma.

"Bueno, echémosle un vistazo a la grabación", sugirió el hombre. "Es fácil para los ojos hacer juegos a la mente", explicó mientras instalaba el video. "Es por esto que es importante mantener la mente clara mientras investigas".

Rebekah asintió con la cabeza rápidamente, podía estar de acuerdo con ellos en eso. Vio como la pantalla de televisión parpadeaba al prenderse. Todo el mundo en la multitud se calmó mientras esperaban a ver qué había causado el borrón. El vídeo empezó a correr muy lentamente, mostrando cuadro por cuadro.

"Oh oh", dijo Mouse tan pronto como vio el primer cuadro con el borrón en él. Revisó su bolsillo. "Oh rayos", susurró.

"¿Qué sucede, Mouse?" preguntó Rebekah mientras seguía viendo a la pantalla. El siguiente cuadro reveló la verdad.

"¡Un ratón!" las personas empezaron a gritar. "¡Hay un ratón en la biblioteca!" gritó otra persona. Todos comenzaron a irse por la puerta.

"¿Y a quien le pertenece esto?" preguntó la Sra. Peters mientras caminaba con una pequeña caja de cartón. "Como si tuviera que preguntar", movió su cabeza mientras veía a Mouse. "¿No te he dicho que no se admiten mascotas en la biblioteca?"

"Lo siento Sra. Peters", dijo Mouse mientras tomaba la caja.

"Ustedes dos sí que causaron un gran revuelo", los dos hombres rieron. "Gracias por darnos la oportunidad de presumir nuestras herramientas".

Comenzaron a empacar sus herramientas. Rebekah estaba aliviada de que no estuvieran molestos con ellos. Mouse estaba ocupado intentado contener a su mascota, y seguía dándole miradas a la Sra. Peters como forma de disculpa. Ella pasaba una lista de las personas que estaban en la biblioteca y los llamaba para explicarles por qué no habían ratones en la biblioteca realmente.

"Disculpe, señor", dijo Rebekah, su cabello rojo fuego hacía difícil que no la notaran.

"¿Si?", preguntó con una sonrisa amable.

"¿Cómo se hace para atrapar a un fantasma?" preguntó.

"¿Atrapar uno?" los dos hombres rieron. "No puedes atrapar un fantasma, no es posible".

Rebeca dejó escapar un profundo suspiro. "Estoy hablando de un fantasma que se hace pasar por un fantasma", dijo ella para ser más clara.

"Oh", ambos hombres intercambiaron miradas y se encogieron de hombros. "Bueno, pues supongo que debes esperar a que se presenten, y tomarles una foto o grabarlos en video".

El otro hombre asintió. "Si alguien está pretendiendo ser un fantasma debes ser capaz de probarlo, mientras puedas grabarlo" hizo una pausa y bajo la voz. "No puedes discutir lo que está grabado. Así que asegúrate de conseguir una buena toma"

"¿Qué pasa si es un fantasma de verdad?" preguntó Mouse nervioso mientras su mascota sacaba la cabeza de su bolsillo.

"Escucha, nosotros sí creemos en los fantasmas", dijo el hombre. "Pero la verdad es que ¡es más a menudo un ratón que un fantasma!"

Mouse sonrió tímidamente y se aseguró de que su ratón no escapara.

"Ves", dijo Rebekah con suficiencia mientras veía a Mouse. Él sonrió de regreso.

"Ya lo veremos cuando veamos el video", respondió.

Capítulo 6

Mientras dejaban la biblioteca hicieron planes para reunirse más tarde esa noche cerca del atardecer para poder atrapar al fantasma. Tan segura como estaba Rebekah de que no habían fantasmas, todavía tenía un poco de dudas. Con el misterioso resplandor de la vela y de la extraña manera que la mujer se había quedado mirando en el aire frente a ella, había algo muy raro sobre toda la situación. Además de eso ¿Quién iba a querer asustarla de tal manera? Cuando llegó a casa, comprobó el área en la que ella había visto la figura extraña de la noche anterior. Todavía quedaban muy pocas pistas para que ella dependiera de ellas. Ella sabía que alguien había estado allí, y esperaba que no resultara ser un fantasma. Hizo todo lo posible para mantenerse ocupada durante el resto del día, y mantener su mente fuera de lo sobrenatural. Cuando Mouse tocó a la puerta principal, ella estaba lista. Tenía una cámara de vídeo, y un bate de béisbol por si acaso.

"¿Para qué es eso?" Mouse rió cuando vio el bate.

"Solo por si acaso", dijo Rebekah firmemente.

"¿En caso de que el fantasma quiera jugar beisbol?" preguntó Mouse con una risita.

"En caso de que no sea un fantasma, y que ella no quiera que su misterio sea resuelto", dijo Rebekah con un tono serio. "Si alguien es lo suficientemente loco como para pretender ser un fantasma, probablemente sean lo suficientemente locos como para atacar".

"No sé sobre eso", Mouse frunció el ceño. "¡Pero creo que sería divertido jugar beisbol con un fantasma!"

Rebekah suspiró y negó con la cabeza mientras caminaba fuera de la casa.

"¿Entonces crees de verdad que podríamos atrapar a un fantasma?" preguntó Mouse mientras él y Rebekah caminaban por un lado de la casa.

"Tal vez no un fantasma", dijo Rebekah calmadamente mientras entrecerraba los ojos. "Sino lo que sea que pretenda ser un fantasma".

"Incluso después de todo lo que aprendimos, y todo lo que has visto ¿todavía no crees que es un fantasma?" dijo con una fuerte sacudida de cabeza. "Eres demasiado testaruda, Rebekah".

"Solo creo que es importante recordar que usualmente hay una explicación para todo", explicó Rebekah firmemente. "Por supuesto que es fácil decir que es un fantasma, y correr. Pero es mucho más difícil averiguar que es de verdad, y como hacer para que me deje de asustar en el medio de la noche", añadió. Un bostezo demostró que no había podido dormir muy bien.

"No puedo tener un fantasma, incluso si es un fantasma de mentira, caminando por mi patio trasero en el medio de la noche", explicó Rebekah. Ella se agachó detrás de unos arbustos y sacó su cámara de vídeo. Incluso si no podía atrapar al fantasma de mentira ¡lo iba a grabar!

Rebekah revisó la cámara y se aseguró de que grabaría. La colocó para que grabara continuamente mientras esperaban.

Con la cámara grabando se acomodaron detrás de los arbustos. No paso mucho tiempo antes de que la luna estuviera arriba en el cielo y las farolas ofrecían mucha luz desde la carretera. Todo era muy espeluznante, ya que estaban esperando a un fantasma.

"¿Crees que nos verá?" preguntó Mouse asustado.

"Si", dijo Rebekah firmemente. "Y si lo hace, seguro nos convertirá en fantasmas", sonrió.

"¿En serio?" Mouse tembló. "No quiero ser un fantasma".

"No tontito", Rebekah se rió. "Incluso si es un fantasma", hizo una pausa y lo miró a los ojos. "Que estoy segura de que no es, pero incluso si lo es, no puede lastimarnos ¿verdad? Todos los libros que he leído sobre ellos dicen que ellos están más asustados de nosotros que nosotros de ellos".

Mouse asintió rápidamente, quería sentirse mejor sobre eso, pero la verdad era que, pensaba que estaban metiéndose en más problemas de los que podían manejar. Había traído con él a su ratoncita extra silenciosa, Starla, que estaba acurrucada dentro del bolsillo de su chaqueta. Con muchos nervios la alimentó con algo de queso y se acurrucó al lado de Rebekah.

"Bueno, pues creo que sabremos con lo que nos estamos enfrentando, tan pronto no haya sol".

"Podría pasar bastante rato", Rebekah asintió. "Hay un montón de fantasmas, ya sabes, el tráfico de fantasmas es terrible a esta hora de la noche ".

"¡Muy bien, muy bien!" rió Mouse y la miró. "Vas a molestarme con esto por siempre ¿no es así?" preguntó.

"¡Por supuesto!" le respondió y se acomodó en el césped detrás de los arbustos. Sabía que debían esperar mucho tiempo.

A pesar de que solo algunos minutos habían pasado, no pasó mucho tiempo antes de que ambos fueran sorprendidos por el sonido de alguien que se acercaba.

"¿Quién es?" se preguntó Mouse mientras echaba un vistazo a la oscuridad.

"¡Es ella!" chilló Rebekah cuando vió a la figura dando unos pasos en su patio.

"¡Escóndete!" chilló Mouse y se agacho más detrás de los arbustos. Rebekah también lo hizo, pero dejo su cámara todavía grabando.

Capítulo 7

"¡No es un fantasma para nada!" exclamó Rebekah mientras se acercaba a la figura que caminaba lentamente.

"¿Qué es entonces?" Preguntó Mouse con los dientes apretados.

"Shh", le advirtió Rebekah mientras se acercaba más a la mujer. No la tocó, pero caminaba al lado de ella. Mouse fue al otro lado de la mujer. Ellos caminaban cerca de ella, cuidando de caminar muy silenciosamente.

"Señora ¿podemos ayudarle?" preguntó Rebekah mientras estudiaba el blanco rostro de la mujer.

Ella no respondió.

"Señora ¿puede decirnos donde vive?" preguntó de nuevo Rebekah, esperando algún tipo de respuesta. De nuevo, la mujer solo seguía caminando como si no oyera la voz de Rebekah.

"Tal vez está enferma", dijo Mouse susurrando. El todavía no estaba convencido de que no fuera un fantasma.

"Solo quedémonos con ella", dijo Rebekah. "Veamos a donde va".

Camino atravesando el patio trasero, y luego se detuvo en la cerca. Se dió la vuelta y comenzó a caminar hacia otro lado.

"Está actuando muy extraño", Mouse frunció el ceño. "¿Crees que deberíamos pedir ayuda?"

"Veamos a donde está yendo", dijo Rebekah en un susurro. "Si vamos adentro a pedir ayuda, podría haberse ido para cuando regresemos".

"Eso es verdad", dijo Mouse mientras continuaban caminando al lado de la mujer. Ella caminó por la entrada de Rebekah y comenzó a caminar en la calle. Había dos coches viniendo de ambas direcciones pero la mujer ni siquiera miro a ambos lados antes de   poner un pie en la calle.

"¡No!" gritó Rebekah. Ella tomó la mano de la mujer y la arrastró detrás de la calle justo antes de que el auto pudiera golpearla.

"Señora ¿no vio el auto?" preguntó. La mujer ni siquiera parpadeo. Ahora estaba segura de que debían quedarse con ella, ya que obviamente no estaba actuando con cautela.

111

La mujer de nuevo trató de cruzar la calle. Por suerte esta vez no había autos en su camino. Se dirigió al otro lado y comenzó a caminar por la otra acera. Esta vez casi pasa por encima de un perro suelto. El perro comenzó a ladrar furiosamente.

"Shh", le ordenó Rebekah sin rastro de miedo. Mouse se había ocultado detrás de ella. El perro lloriqueó y salió corriendo. A pesar de que el perro había hecho un terrible alboroto, la mujer seguía caminando y mirando con la misma calma.

"Esto es muy raro", musitó Rebekah. La mujer pasó frente a otras casas, antes de dirigirse hacia otra entrada. Rebekah titubeó. Ella no conocía a las personas que vivían en esa casa. No estaba segura de si debían seguirla.

"¿Qué piensas, Mouse?" preguntó. "¿Deberíamos seguirla?"

Antes de que Mouse pudiera responder, el bolsillo de su chaqueta se movió. El pequeño amiguito que tenía con el de repente se escapó. Se escabulló por el suelo justo después de la mujer.

"¡Creo que esa es nuestra respuesta!" se rió y comenzó a perseguir al ratón. Rebekah lo persiguió. Todos terminaron en la puerta principal de la casa, justo cuando la puerta se abrió.

Capítulo 8

"¿Qué estás haciendo aquí?" un hombre hosco exigió.

"Lo siento, señor", dijo Mouse rápidamente mientras cogía rápidamente al ratón.

"Lo siento mucho" añadió Rebekah mientras retrocedía por las escaleras.

"No, no, ustedes no", dijo en un tono más suave. "He estado buscando a Mamá toda la noche, y yo…" su voz se apagó mientras miraba a la cara de la mujer. "¡Oh no, lo hizo otra vez!" gruño. Apagó la vela rápidamente.

"¿Hizo que?" preguntó Rebekah curiosa.

"¿Es ella un fantasma?" preguntó Mouse con muy poco tacto.

"¿Disculpa?" preguntó el hombre con sorpresa. "Yo soy el Sr. Lyle", añadió mientras sonreía a ambos niños. "Lo siento si los he asustado, o si lo hizo Mamá".

"No, por supuesto que no", Rebekah negó con la cabeza. "Yo no estaba asustada", dijo firmemente. Mouse trató de no sonreír, ya que sabía lo asustada que estaba.

"Debería saber que casi la atropellan", dijo Rebekah calmadamente. "Luego casi se tropieza con un perro".

"Oh cielos", el Sr. Lyle movió la cabeza. "Estoy tan contento de que hayan estado allí, gracias por ayudarla", dijo el Sr. Lyle con alivio. El envolvió con una manta los hombros de la mujer para mantenerla caliente. "Mi madre se mudó con nosotros, y ella tiene un pequeño problema."

Los ojos de la mujer se agitaron lentamente y, luego, los abrió completamente. Echó un vistazo a todas las personas a su alrededor con confusión.

"¿Dónde estoy?" preguntó con sorpresa.

"Está bien, Mamá", dijo el Sr. Lyle. "Estabas caminando dormida otra vez. Estos amables niños te ayudaron a volver a casa".

"Oh cielos", su madre suspiro y movió la cabeza. "Siento mucho haberles causado problemas. En nuevos lugares siempre termino caminando dormida. No es algo que pueda controlar".

Rebekah estaba sorprendida de que su fantasma se hubiera convertido en una mujer caminando dormida. Ella no creía en fantasmas, pero nunca imaginó que la figura resultará estar sonámbula.

113

"Señora, usted se podría haber lastimado de verdad", dijo Rebekah con cuidado. No quería molestar a la señora, pero tampoco quería que resultara herida. "¡Camino directo a la calle!"

"Soy tan afortunada de que ustedes estuvieran allí", dijo algo efusiva. ""Sólo me cuesta un poco mantenerme en la cama cuando estoy durmiendo," ella suspiró. "Siempre me ha pasado".

"Bueno, pues prometemos mantenerla vigilada un poco más", se ofreció Rebekah amablemente.

"Y yo prometo esconder las velas", dijo el Sr. Lyle. "¡Pero haremos lo mejor posible por evitar que este caminando por ahí cuando esté sonámbula!"

Después de hablar por unos minutos más, el Sr. Lyle y su madre les agradecieron de nuevo. Rebekah y Mouse comenzaron a caminar de vuelta a la casa de Rebekah. Cuando notaron un auto detenido a unas cuantas cuadras delante de ellos. Los dos hombres de la biblioteca tenían su cámara y estaban grabando algo entre los árboles.

"¡Oh, tal vez sea un fantasma de verdad!" dijo Mouse contento. "Vamos a ver".

"No hay tal cosa como-" ella tragó saliva mientras Mouse la agarraba de la mano y la hizo correr hacia los dos hombres. Cuando se detuvo en seco al lado de ellos, Mouse estaba sin aliento.

"¿Qué, qué, están mirando?", preguntó, esperanzado.

"¿No puedes verlo?" uno de los hombres preguntó, con sus ojos bien abiertos mientras señalaba a las ramas de un árbol.

"¿Qué?" preguntó Mouse con el ceño fruncido. Incluso Rebekah sentía curiosidad mientras veía a las ramas.

"El pájaro más bonito que he visto", dijo el otro hombre. Los cuatro miraron a las ramas y sonrieron a la vista de un pájaro azul brillante que estaba en su nido.

"Pensé que sería un fantasma", dijo Mouse con un suspiro.

"Es bueno buscar lo paranormal", dijo el hombre con la cámara. "Pero también es muy importante no perderse lo natural".

Rebekah – Niña Detective #5
Los Adultos Van a Atraparnos

PJ Ryan

Rebekah - Niña Detective #5

Los Adultos Van a Atraparnos

Capítulo 1

Había un misterio en marcha en el pequeño pueblo de Rebekah, y ella estaba determinada a resolverlo. Ya había estado trabajando en él un par de días. Todo había empezado cuando el policía local, James Todd, comenzó a entregar multas a todos los que cruzaban la calle. Afirmó que era cruzar la calle imprudentemente y que las personas debían cruzar en el paso de peatones. Por supuesto, también había un nuevo cruce de peatones. Pero ¿por qué? No llevaba a ningún lugar especial, sólo al otro lado de la calle. Había algo muy extraño en el hecho de que el Oficial Todd fuera tan firme con no cruzar la calle.

No sólo eso, sino que todas las tiendas de la calle estaban limpiando sus ventanas. Estaban pintando las fachadas de sus tiendas. Algunas incluso habían adquirido nuevos letreros brillantes.

"Algo muy extraño está pasando aquí", pensó Rebekah mientras veía otro grupo de pintores dirigiéndose a la última tienda de la esquina. Todos estaban muy ocupados, como si se estuvieran preparando para algo. O el pueblo sólo había decidido refrescarse y hacer algunos cambios.

Todos los adultos por los que ella pasaba dejaban de hablar cuando se acercaba, y luego susurraban mientras se alejaba. Ella trató de escuchar en un par de conversaciones, pero no fue capaz de acercarse sigilosamente y pasar desapercibida. Algo andaba muy sospechoso y estaba decidida a averiguar de qué se trataba, aunque eso significara aventurarse en el oscuro y peligroso mundo de los adultos. Todo el secretismo le hizo pensar que algo muy siniestro estaba pasando.

Se detuvo para preguntar a uno de los profesores de su escuela, el Sr. Winston, que hablaba en voz baja con el dueño de la tienda de herramientas.

"Sr. Winston, ¿por qué todo el mundo está actuando tan extraño?" El Sr. Winston se calló muy rápidamente cuando escuchó la voz de Rebekah.

"Oh, Rebekah", dijo rápidamente. "¿No tienes alguna tarea que deberías estar haciendo?" preguntó.

Rebekah miró al profesor, con ojos abiertos. "Sr. Winston, estamos en verano".

"Oh, cierto", el Sr. Winston se rascó la cabeza. "Bueno, nunca es temprano para prepararte para el año escolar. Deberías ir a casa y repasar un poco".

Rebekah jadeó y movió la cabeza. "Ya voy, ya voy", dijo rápidamente, asustada de que el Sr. Winston le pudiera poner algo de tarea extra para el verano. Mientras se alejaba escuchó a los dos hombres susurrar otra vez. Para cuando llegó a casa, estaba segura de que había más que un misterio en marcha, ¡era una conspiración!

Capítulo 2

En la cena, sus padres estaban extra callados.

"Estuve en el pueblo hoy", comenzó a decir Rebekah.

"No deberías ir por el pueblo tu sola", le advirtió su padre.

"De verdad, Rebekah, no deberías ser tan entrometida", dijo su madre.

"¿Qué?" dijo Rebekah mientras su tenedor resonaba al caer contra el plato. "Siempre me dan permiso para ir al pueblo y no dije nada sobre ser entrometida".

"Rebekah", dijeron ambos padres al mismo tiempo. "¡Deja a los adultos en paz!".

Rebekah se recostó en su silla y miró a sus padres como si hubieran sido sustituidos por extraterrestres. Ambos la veían tan severamente cuando ella ni siquiera había hecho nada malo. Sus padres sabían lo mucho que le gustaba ser una detective, y siempre lo habían entendido. ¡Ahora estaban actuando como si ni siquiera debería tener permitido salir de la casa!

"Come tus guisantes", dijo su padre.

"Come más de tu carne", dijo su madre.

Pero Rebekah realmente ya no tenía hambre.

Capítulo 3

Al día siguiente, Rebekah fue a la estación de bomberos para ver si alguno de los bomberos también estaba actuando sospechoso. La estación de bomberos era uno de sus lugares favoritos para pasar el tiempo. Los bomberos eran siempre muy amables. A veces incluso la dejaban llevar al dálmata a dar un paseo. Cuando llegó esperaba que al menos estuvieran felices de verla. De hecho, estaban actuando muy sospechoso. Todos los bomberos estaban limpiando la estación y lavando los camiones de bomberos.

"¿Qué están haciendo, chicos?" Rebekah preguntó con el ceño fruncido. Ella sabía que no era el día de lavar los camiones, o ella y su amigo Mouse hubieran estado allí para ayudar. Ellos siempre se ofrecían como voluntarios para poner en orden la estación y ayudar cuando los grandes camiones tenían que ser lavados.

"No hay tiempo para hablar ahora, Rebekah", dijo Mitch, uno de los bomberos. "Estamos muy ocupados".

"Pero yo-" Rebekah empezó a decir.

"Ve", Steve, otro bombero, dijo y señaló la puerta. "Tenemos mucho que hacer hoy, Rebekah, no podemos hablar".

Rebekah bajó la cabeza y se alejó.

Desanimada, Rebekah salió de la estación de bomberos. Caminaba por la acera, sollozando y murmurando para sí misma sobre lo malos que fueron los bomberos hasta que llegó a la biblioteca. Aquí las cosas estaban igual de extrañas. La biblioteca estaba recibiendo un lavado a presión y nuevas decoraciones en las ventanas. El estacionamiento tenía líneas de plazas de aparcamiento recién pintadas. Todo era muy, muy extraño. La Sra. Peters, la bibliotecaria, estaba de pie fuera de la biblioteca, viendo el lavado a presión. Rebekah se detuvo a su lado y esperó hasta que la ruidosa máquina fuera apagadas.

"¡Oh, es hermoso!" La Sra. Peters aplaudió alegremente.

"¿Pero por qué?" Rebekah preguntó a su lado. Debido a que la máquina había sido tan ruidosa, La Sra. Peters ni siquiera había oído a Rebekah caminar a su lado.

"¡Oh, Rebekah!" Dijo la señora Peters, enfadada. "¡No debes sorprender a la gente!"

Rebekah suspiró profundamente. Ella estaba muy cansada de que todo el mundo estuviera molesto con ella sólo por hacer una pregunta o dos. "Lo siento, Sra. Peters", dijo ella. "Me preguntaba, ¿por qué la biblioteca está recibiendo un baño?"

"Era tiempo de un baño", dijo la señora Peters con un brillo en sus ojos. "Nada más. Ahora continua, Rebekah, tengo cosas que hacer. Demasiado ocupada hoy para hablar".

Rebekah cruzó los brazos y frunció el ceño mientras la señora Peters se alejaba. Ella nunca había sido desanimada por tanta gente. Se preguntó si había hecho algo que no podía recordar. ¿Estaba todo el mundo enojado con ella por alguna razón? Decidió caminar hacia la casa de Mouse, para ver lo que él pensaba que podría estar pasando.

Capítulo 4

Mientras caminaba más a lo largo de la acera se encontró con dos hombres con cascos. Estaban viendo un mapa grande en sus manos. Mostraba la calle principal del pueblo.

"¿Qué es eso?" Rebekah preguntó con curiosidad. Se preguntó si tenía algo que ver con toda la actividad extraña en la ciudad.

"Ahora no, niña", uno de los hombres dijo e hizo un gesto con la mano a la ligera. "Demasiado ocupado en este momento, sigue caminando."

Rebekah estaba muy sorprendida de que estuvieran siendo tan groseros. Estaba acostumbrada a que todo el mundo fuera amable. Ella decidió que había soportado suficiente de la actividad cuestionable que estaba pasando alrededor del pueblo, y averiguaría qué estaba ocurriendo de una buena fuente. Mouse tendría que esperar.

Beverly Bar siempre sabía todo lo que estaba pasando en el pueblo. En la escuela, ella era la persona con la que ir cuando todo el mundo quería saber la respuesta a una pregunta. Ella era siempre la que lo sabía. Beverly Bar solía pasar sus días de verano en la tienda de helados para poder ponerse al día con todos los chismes del pueblo.

Este era el lugar donde estaba cuando la encontró Rebekah. Estaba tomando un batido de chocolate. Lo primero que Rebekah notó sobre Beverly Bar era que estaba sentada en silencio. Ella nunca estaba sentada sola. Rara vez dejaba de hablar, lo suficiente para escuchar los chismes que esparciría luego. Sin embargo, hoy, Beverly Bar tomaba un sorbo de su batido en silencio.

"Beverly ¿qué sucede en el pueblo?", preguntó Rebekah mientras se sentaba a su lado.

"Oh, nada", dijo Beverly rápidamente. "Nada en absoluto. Día aburrido, igual que siempre".

"Beverly, ¿te sientes bien?" Rebekah preguntó con preocupación.

"Por supuesto que sí", respondió Beverly y chupó hasta lo último de su batido. "Lo siento, Rebekah, tengo que irme. Demasiado ocupada hoy para hablar", ella salió corriendo por la puerta de la tienda de helados. Rebekah sólo podía mirarla en estado de shock. Beverly ciertamente nunca estaba demasiado ocupada para hablar.

Capítulo 5

Al caer la noche, los sonidos del pueblo se convirtieron en silencio. Rebekah miró a su alrededor buscando cualquier persona que pudiera estar al acecho con una lata de pintura. ¿Quién era el que estaba pintando todas esas nuevas plazas de aparcamiento y el paso de peatones, y por qué? No vio a nadie con una lata de pintura, pero vio a un hombre que hablaba con el Alcalde. Estaban de pie frente a uno de los buenos restaurantes locales. El alcalde le dio la mano a otro hombre que llevaba un gran sombrero de copa y tenía un bigote negro delgado.

"Muy extraño", dijo Rebekah mientras entornaba los ojos. ¿Por qué el alcalde se reunía con un extraño cuando no había nadie más por ahí? ¿Era él quien pedía todos los cambios en su pequeño pueblo? El alcalde levantó la vista rápidamente, y por todas partes, como si sospechara que alguien estaba mirando. Pero, ¿por qué iba a preocuparse de que alguien lo viera? Rebekah se estremeció un poco al pensar que este misterio se estaba volviendo muy grande, incluso para ella.

Mientras caminaba a su casa esa noche, su mente estaba llena de pensamientos preocupantes. ¿Estaba el alcalde pagando a alguien para cambiar toda la ciudad? Si era así, ¿por qué? ¿Estaba el oficial Todd en esto también? Parecía como si toda la ciudad estuviera jugando un papel en el gran misterio, todo el mundo, a excepción de los niños. Cuando pensaba en esto, las alarmas comenzaron a sonar en su mente.

"¿Qué pasa si están planeando algo que tuviera que ver con todos nosotros, los niños?" se preocupó. Era verano, tal vez estaban pensando en comenzar la escuela antes de tiempo. Tal vez estaban tratando de ocultar alguna nueva ley sobre los niños estando en la calle principal. No podía pensar en demasiados problemas que los niños hubieran causado últimamente. ¿Por qué los dejarían fuera de cualquier cambio que estuviera ocurriendo? Todavía no estaba segura de qué pensar mientras entraba en la casa para cenar. En el pasillo fuera de la cocina, se detuvo cuando escuchó a su padre hablando.

"Sólo asegúrate de que no se entere", dijo la voz del padre de Rebekah con claridad.

"Sí, si lo hace, vamos a tener un problema real en nuestras manos", respondió la madre de Rebekah. Había un límite para lo que Rebekah podía aguantar. ¿Estaban escondiendo cosas de ella también? Se sorprendió mucho ya que sus padres eran siempre honestos con ella, y confiaba en ellos mucho. Ella no esperaba que trataran de ocultarle algo.

"¡Oh, sólo piensa", su madre suspiró feliz. "Sólo un día más, ¿no será maravilloso?"

"Lo será", estuvo de acuerdo. "Finalmente, los niños de esta ciudad recibirán lo que se merecen".

Rebekah se quedó sin aliento. ¡Se trataba de los niños!

"Hola", dijo en voz baja mientras salían de la cocina. Los dos miraron sorprendido al verla allí de pie.

"Hola", dijo su padre alegremente. "¿Tienes hambre?" preguntó con una amplia sonrisa y le tendió un plato de su comida favorita, espaguetis.

"¡Huele muy bien!" dijo al principio, y luego frunció el ceño. Ella miró de los deliciosos fideos a los ojos de su padre. "Lo siento", dijo ella rápidamente.

"¿Por qué?", Se preguntó con el ceño fruncido.

"Sólo en caso de que hiciera algo que se me hubiera olvidado", se encogió de hombros y mordió su labio. Sus padres se rieron.

"Oh, Rebekah, eres tan extraña a veces".

Rebekah se quedó mirando su plato. Tal vez por eso estaban ocultándole cosas. Si tan sólo no fuera tan extraña.

Capítulo 6

Después de la cena de esa noche, ella se metió en su cuarto. Cogió el teléfono y marcó el número de su amigo Mouse.

"Mouse", susurró en su teléfono. "Lo he descubierto", suspiró.

"¿Qué?" Mouse preguntó medio dormido. Él siempre mantenía su teléfono junto a la cama, ya que muy a menudo Rebekah llamaba en mitad de la noche con una historia increíble que había inventado. Rebekah le contó acerca de todas las actividad extrañas de ese día. Le dijo cómo sus padres habían actuado también.

"Así que ahora sé por qué", dijo con tristeza.

"¿Por que qué?" Mouse preguntó con un bostezo.

"Por qué la ciudad está cambiando tanto", dijo rápidamente, "¿no has prestado atención a nada de lo que dije?" gruñó ella en el teléfono.

"Uh, la mayor parte de ella", respondió Mouse. Trataba de ser de apoyo, pero para Rebekah todo era un misterio.

"Bueno, escucha de cerca ahora", dijo con severidad. "Creo que están tratando de deshacerse de todos los niños en la ciudad".

"¿Qué?" Mouse preguntó con una risita. "Eso es una locura, incluso para ti, Rebekah".

"¿Y qué se supone que significa eso?" preguntó ella.

"Sólo quiero decir que no creo que el pueblo esté tratando de deshacerse de los niños. ¿Por qué tendrían un parque infantil, una tienda de helados?"

Rebekah asintió mientras se recostaba en su cama. "Todo esto es sólo un señuelo, tratando de convencer a los niños, para que más tarde se puedan mudar a otro pueblo. Un pueblo donde los niños estén bien".

"¡Oh, Rebekah!", Mouse frunció el ceño al escuchar lo preocupada que estaba. "Creo que podrías estar un poco equivocada en este caso".

"Yo nunca estoy equivocada", Rebekah insistió.

"¿En serio?", se rió.

"En serio", respondió ella.

"¿Qué pasa con la criatura gigante púrpura", se preguntó con aire de suficiencia.

Rebekah estaba en silencio por un momento.

"¿Rebekah?", preguntó.

"Bueno, tal vez estaba un poco equivocada en eso", suspiró. "¡Pero no esta vez!", dijo con firmeza. "Iré a tu casa a primera hora de la mañana ¡y voy a probarlo!"

"De acuerdo, Rebekah", Mouse suspiró y colgó el teléfono.

Capítulo 7

"¡Mouse, Mouse!" gritó ella mientras llamaba a su puerta delantera. Era muy temprano en la mañana, y a Mouse le gustaba dormir mucho. En vez de eso, él se despertó con los golpes en la puerta principal.

"Mamá", dijo aturdido mientras caía de la cama. Entonces recordó que su madre tenía negocios en el pueblo ese día así que estaba solo. Se tambaleó hacia la puerta principal, todavía medio dormido.

"¿Qué pasa, Rebekah?", se preguntó con un gemido cuando vio a su amiga pelirroja en el porche.

"¡Algo muy extraño está pasando aquí!", dijo con firmeza.

"¿Cuándo no?", preguntó. Mouse estaba acostumbrado al trabajo de detective de Rebekah. La mayor parte del tiempo los llevaba en aventuras salvajes e interesantes. Pero sí prefería empezarlas más tarde en el día, sobre todo cuando no había escuela.

"No, lo digo en serio", Rebekah insistió. "Es como si todo el mundo en el pueblo hubiera sido reemplazado por extraterrestres".

"¿Ah?" Mouse preguntó con más interés. A él le gustaba todo lo que implicara extraterrestres.

"No son extraterrestres de verdad", dijo Rebekah con el ceño fruncido. "No seas tan tonto".

"Yo no estoy tratando de ser tonto", contestó. "Tú fuiste la que hablo de extraterrestres".

"¡Mouse!" gritó desesperadamente. "¡Esto es serio!"

"Está bien, está bien", dijo. "Déjame vestirme. Ya vuelvo".

Mientras Mouse se estaba vistiendo, el cartero llegó para entregar el correo. Rebekah sonrió y saludó con la mano al hombre. Él la miró, sus ojos se encontraron, y desvió la mirada rápidamente. Rebekah resopló. No creía que había excusa alguna para ser grosero.

"No voy a morder", dijo con firmeza mientras se acercaba hacia el hombre y él caminó rápidamente hacia otro lado.

"Lo siento, Rebekah, ¡demasiado ocupado para hablar hoy!" gritó y salió corriendo.

"Ya veo", Rebekah gruñó y se puso las manos en las caderas.

"Rebekah, ¿ahuyentaste al cartero?" Mouse preguntó detrás de ella.

"No fue a propósito", Rebekah respondió y negó con la cabeza.

Mientras caminaban juntos hacia el pueblo, Rebekah le dijo todo sobre la extraña manera en que la gente había estado actuando.

"Bueno, Rebekah, tú sueles hacer un montón de preguntas, tal vez todo el mundo sólo necesitaba un descanso de ellas", dijo tan bien como pudo. "Sabes que a los adultos puede molestarles un poco eso".

"Sí", Rebekah asintió pensativamente. "Eso es cierto. Pero parecía muy extraño que todos ellos estuvieran actuando de esa manera".

"Apuesto a que todo el mundo volverá a la normalidad", dijo Mouse y siguió caminando.

"Tal vez", Rebekah asintió un poco. Ella quería creerle, pero su instinto le decía que había un montón de secretos guardados.

Capítulo 8

Cuando llegaron a la calle principal, todavía estaba sucediendo mucho. Carritos de proveedores habían sido movidos de modo que las aceras pudieran ser limpiadas. Las calles estaban bloqueadas por los barrenderos. Había incluso un hombre caminando con un sujetapapeles que parecía estar marcando diferentes cosas que veía que podrían necesitar limpieza o arreglo.

"Hm, esto es un poco extraño", Mouse murmuró mientras los adultos en la acera se apresuraban por delante de ellos sin siquiera decir hola. Mientras caminaban tan rápido, uno de ellos dejó caer un panfleto de la pila de libros que llevaba. Rebekah se agachó y lo recogió. Trató de devolvérselo a la mujer, pero ella sólo siguió caminando tan rápido como pudo.

"Rebekah, ¡mira eso!" dijo Mouse mientras señalaba uno de los puestos de bicicletas sacado de la acera. Otros dos ya habían sido retirados.

"¿Por qué están quitando nuestros puestos de bicicletas?", se preguntó. Sus ojos bajaron al folleto en la mano. Describía una comunidad llamada West Wood. Todas las imágenes brillantes estaban llenas de hierba verde brillante, y pequeños hogares perfectos. En el texto en negrita, debajo de una de las imágenes, decía: West Wood es una comunidad sólo para adultos y los niños no están permitidos.

"¡Oh, no!" ella gritó y se tapó la boca. "¡Lo sabía, estaba en lo cierto! ¡Pero ahora sé por qué tenía razón! ¡Ya sé por qué están tomando nuestros puestos de bicicletas!"

"¿Por qué?", preguntó Mouse, todavía muy confuso.

"¡Porque quieren convertir nuestro pueblo en una comunidad de sólo adultos!" Rebekah gimió mientras miraba a los adultos que corrían en todas direcciones, haciendo todo lo posible por evitar a Rebekah y Mouse.

"Rebekah", Mouse se golpeó la frente ligeramente. "Eso es absolutamente imposible".

"Tal vez", Rebekah respondió, y luego señaló el texto en negrita en el folleto. "Pero, ¿por qué más iban a estar repartiendo estos folletos? ¿Por qué más iban a estar tomando nuestros puestos de bicicletas, y asegurándose de estar demasiado ocupados para hablar con nosotros?"

Mouse tuvo dificultades para pensar en otra razón, a pesar de que su explicación era tan extraña para él.

"Nuestros padres nunca lo permitirían", Mouse le recordó con firmeza. "Además, hay demasiados niños en la ciudad para que todos nosotros seamos forzados a irnos".

"Tal vez", Rebekah se mordió el labio inferior. "¡Pero por mi parte, voy a salir de dudas!".

Justo cuando habló, vio una línea entera de niños siendo dirigidos por una de las calles laterales. "Mira", dijo Rebekah. "Ni siquiera dejan que esos niños caminen en la calle principal", se volvió a mirar a Mouse, pero no fue Mouse a quien vio.

"Rebekah tienes que ir a casa ahora", dijo el alcalde del pequeño pueblo, el Sr. Jackson era una de las personas más conocidas en el pueblo. Había ido a la escuela en varias ocasiones para hablar con severidad por la seguridad, las normas de la ciudad, y cuán importante era ser voluntario. Rebekah siempre lo había encontrado como una persona un poco dura, pero él era el alcalde, después de todo.

"Sr. Jackson, sólo íbamos a la biblioteca", dijo Rebekah nerviosamente. Mouse se acercó a ella.

"La biblioteca está cerrada", dijo el Sr. Jackson ominosamente. "Al igual que la tienda de helados, y todas las tiendas. Estamos haciendo un poco de limpieza profunda especial en la calle principal, por lo que pedimos que todos se mantengan fuera de ella".

"¿Todo el mundo excepto los adultos?" Rebekah preguntó audazmente.

Los ojos del señor Jackson brillaban con una mirada extraña, pero Rebekah no podía decir lo que quería decir. "Rebekah no hay ningún misterio aquí para resolver, vete a casa y disfruta de tu día".

Rebekah lo siguió con la mirada mientras se alejaba.

"Oh, Dios", dijo, y se cruzó de brazos. "¡Si el alcalde está diciendo que no hay misterio, entonces todos estamos en problemas!"

"Esto es muy extraño", tuvo que admitir Mouse. Él echó un vistazo a la fila de niños caminando por la calle lateral.

"¿Me pregunto cómo van a deshacerse de nosotros?", dijo Rebekah en voz baja, mientras comenzaba a caminar de regreso a su vecindario. "Tal vez nos pondrán en autobuses. ¡Tal vez nos harán volar a otro país!"

Mouse suspiró mientras sacudía la cabeza. "No sé cómo, pero creo que sé cuándo".

Señaló un pequeño cartel en el poste de luz que pasaban mientras salían de la calle principal.

"7 p.m. ¡Trae a tus niños!"

Nada más. No había razón, no había decoraciones de lujo, sólo una simple señal en blanco y negro.

"Va a suceder esta noche", dijo Rebekah oscuramente. "No puedo creer que esto esté pasando".

"Yo tampoco", Mouse asintió. Nunca había oído hablar de una cosa tan extraña.

"Tenemos que encontrar una manera de detenerlo", dijo Rebekah con valentía. "Ellos no pueden deshacerse de todos los niños. ¡Este es nuestro pueblo también!"

Acordaron reunirse de nuevo en el pueblo alrededor de las 6:30. Hasta entonces tendrían que pensar en un plan. ¿Cómo podrían dos niños salvar a todos los niños del pueblo?

Capítulo 9

Esa noche, cuando se reunieron en el pueblo, Rebekah estaba armada con algunas ideas, pero estaba segura de que ninguna de ellas iba a funcionar.

"¿Qué crees que podemos hacer?", Mouse preguntó.

"Creo que la única cosa que podemos hacer es tratar de hablar con ellos y convencerlos de lo contrario", Rebekah suspiró. "Tal vez si nos hubiéramos ofrecido como voluntarios más, limpiáramos las calles, y nos comportáramos un poco mejor, nada de esto habría ocurrido".

"No", dijo Mouse con firmeza. "Esto no es culpa nuestra".

Se mantuvieron por las calles laterales para llegar a la ciudad, queriendo que nadie los notara. Mientras caminaban, oyeron un extraño ruido procedente de las afueras del pueblo. Sonaba como una música extraña, seguido por sonidos muy fuertes, como un zapateo.

"¿Pero qué es eso?" Mouse preguntó mientras miraba por la calle. No podía ver nada, pero estaba claro que lo que fuera, venía en su dirección.

"Tal vez eso es con lo que planean sacar a todos los niños de sus casas", dijo Rebekah con la mirada. "Tocando música, como el hombre de los helados".

"Rebekah, realmente no creo que nuestros padres nos hagan esto", dijo Mouse con firmeza.

"Tal vez no, pero mis padres estaban hablando de cómo tenían que mantenerlo en secreto de mí, ¿por qué iban a necesitar mantener algo en secreto?" Preguntó ella. No quería pensar que fuese cierto. Por lo general, se podría llegar a una explicación bastante racional, pero esta vez no podía pensar en ninguna otra respuesta. En cuanto se dio cuenta de que algunos adultos se acercaban, tiró de Mouse para entrar a un callejón entre dos tiendas.

"No importa qué, tenemos que mantenernos unidos", le dijo a él con severidad.

"Por supuesto", respondió con un movimiento de cabeza serio.

La música se estaba acercando. El fuerte estruendo se estaba acercando demasiado. Rebekah fue sorprendida por esto, ya que estaba segura de que no había nada que pudiera explicarlo. ¿Qué tipo de coche puede tener un radio tan ruidoso? Mouse estaba acurrucado junto a ella, ya que ambos trataban de averiguar lo que estaba pasando.

De repente todas las tiendas en la calle encendieron sus luces. Caía la tarde y casi era la hora de cierre para la mayoría de ellas. ¿Qué estaban haciendo iluminando la calle?

"Oh no, definitivamente algo está sucediendo," dijo Rebekah cuando vio a los adultos comenzando a inundar las calles. Todos ellos traían sus hijos a cuestas.

"¡Está sucediendo!" Rebekah gritó y agarró la mano de Mouse. "¡Tenemos que ocultarnos, tenemos que encontrar un lugar donde nadie nos vea!"

Mouse estaba muy confundido. Estaba seguro de que Rebekah estaba equivocada en este caso. ¿Por qué sus padres los entregarían? ¡Pero todos los niños en el pueblo estaban siendo sacados a las aceras! Todos parecían tan confundidos como Mouse. Sus propios padres llegaron poco después, en busca de él.

"¿Mouse?" ellos llamaban a través de la multitud.

"No respondas", Rebekah mandó. "¡Si nos encuentran, estaremos fritos!"

Mouse se quedó tranquilo y sollozó.

"Rebekah", oyó a su padre llamar por encima del ruido de la gente reunida en la calle.

"¿Papá?" Rebekah susurró en voz baja. Tampoco quería creer que sus padres querrían llevarla lejos. ¿Qué era tan malo en tener niños en un pueblo? Ellos mantenían a todo el mundo sonriendo. Siempre se aseguraban de que el césped fuera cortado y las hojas fueran recogidas. Tenerlos alrededor era un montón de diversión.

La música que se acercaba era muy animada. No sonaba como el tipo de música que se puede esperar de algo que llega para sacar a todos los niños del pueblo. Rebekah tenía curiosidad cuando comenzó a escuchar a los otros niños animados.

"¿Qué está pasando?" Mouse preguntó mientras miraba alrededor del borde del callejón.

"No estoy segura", respondió Rebekah y también trató de ver a la vuelta de la esquina. Ella no quería ser engañada, pero la música sonaba muy divertida. ¡Justo cuando se asomaba por la esquina escuchó el rugido de un león!

"¡Ah!" ella gritó y se metió de nuevo en las sombras. "¡Trajeron leones!" chilló.

"¿Leones?" Mouse tuvo que ver. Salió del callejón y se quedó sin aliento por la sorpresa.

"Rebekah, ven a ver," dijo rápidamente, "¡Ven a ver, rápido!"

Con todo el vitoreo, y la emoción de Mouse, Rebekah decidió echar un vistazo. No vio nada al principio, ¡hasta que el primer gran elefante pasó golpeando el suelo!

"¿Un elefante?" dijo con sorpresa.

"Ellos no están aquí para llevarnos", Mouse rió. "¡Es un circo!"

"¿Un circo?" Rebekah se sorprendió. "¿Cómo, por qué?" Balbuceó. Su madre se acercó a su lado.

"Rebekah, todo nuestro pueblo está muy orgulloso de todos nuestros hijos, sólo queríamos planear una sorpresa especial para ellos".

"¿Una sorpresa?" Rebekah rió. "¿Por qué no me lo dijiste?"

Los padres de Rebekah intercambiaron una larga mirada. "Bueno, Rebekah, no estábamos seguros de que pudieras mantenerlo en secreto, como Beverly".

"¿Beverly sabía?" Mouse preguntó con el ceño fruncido.

"Por supuesto que sí", Rebekah rió y levantó las manos en el aire. "¡Beverly sabe todo!"

Capítulo 10

Todos siguieron caminando, viendo el desfile mientras marchaba por la principal. Fue un hermoso espectáculo digno de ver, desde los animales salvajes, los payasos bailando, hasta los acróbatas saltando en el aire. Los músicos estaban llenando todo el pueblo con música. Los niños estaban felices corriendo alrededor del circo. Rebekah tenía que admitir que ella sin duda se había equivocado acerca de esto. Estaba feliz de estar equivocada.

Cuando el circo se detuvo en el recinto ferial, hizo un lento círculo antes de detenerse. El maestro de ceremonias, el hombre que Rebekah había visto hablando con el alcalde, dio un paso adelante. El Sr. Jackson pronto se le unió.

"¡Cuando el alcalde me habló de los niños maravillosos que tenía en su pueblo, sabíamos que teníamos que montar un espectáculo especial para ustedes!" Hizo un gesto con la mano y los acróbatas caían alrededor delante de él. "¡Así que antes de abrir mañana, todos los niños de la ciudad recibirán un espectáculo gratuito en primera fila!"

Todos los niños aplaudieron con entusiasmo. Rebekah estaba saltando arriba y abajo junto con Mouse. Antes de ir a ver el show, el padre de Rebekah la empujó suavemente a un lado.

"¿Qué pensabas que estábamos planeando?" Su padre le preguntó mientras miraba detenidamente a Rebekah. Él sabía que ella había sospechado algo malo.

"Tal vez que todo el mundo decidió que la ciudad sería mejor sin niños", Rebekah se encogió de hombros.

"Oh, Rebekah", su padre se echó a reír. "Tienes una gran imaginación", él la abrazó con fuerza.

"Sí que la tienes", su madre sonrió y la abrazó. "¿No sabes lo importante que eres para nosotros? ¿Qué tan importante son todos los niños de aquí para el pueblo?"

"Lo sé ahora"", Rebekah se rió y se sonrojó más por lo equivocada que había estado.

Capítulo 11

Esa noche, ella aprendió dos cosas importantes. La primera, sus padres nunca tratarían de enviarla lejos. Dos, a veces era una cosa muy buena estar equivocado.

Se sentó al lado de Mouse, para ver el espectáculo. Cuando las luces de la carpa se apagaron y los animales comenzaron a gritar, vio a Mouse retorciéndose.

"¿Qué pasa?" le preguntó, entrecerrando los ojos. "¡Quédate quieto!"

"No puedo", le chilló o al menos ella pensó que chillaba. Hasta que vio todas las pequeñas narices rosadas asomándose por fuera de sus bolsillos.

"Mouse", dijo con sorpresa. "¿Cuántos tienes contigo? " Mouse tenía una enorme colección de ratones, y por lo general tenía uno o dos junto con él, pero nunca tantos.

"Bueno, yo no sabía lo que iba a pasar", frunció el ceño. "No quería dejarlos atrás".

"Oh, Mouse", Rebekah rió mientras trataba de mantener a todos los ratones tranquilos en los bolsillos.

"Por lo menos también tienen la oportunidad de ver el espectáculo", dijo con una sonrisa brillante.

"Sí, presten atención, ratones", dijo Mouse. "¡Porque para la próxima vamos a encontrar la manera de hacer un circo de ratones!"

Rebekah – Niña Detective #6

Las
Gemas Perdidas

PJ Ryan

Rebekah - Niña Detective #6
Las Gemas Perdidas

Capítulo 1

Rebekah estaba en camino a un paseo escolar muy especial. Ella y su mejor amigo Mouse, quien no era un ratón para nada, sino un niño al que le gustaba tener ratones de mascota, iban a visitar el museo de historia de la ciudad. La maestra de Rebekah, la Sra. Morris, estaba a cargo de su grupo, lo que hacía a Rebekah aún más feliz. La Sra. Morris era una de las maestras más amables que conocía. El cabello suelto, enrulado y rojo de Rebekah estaba bien entrenzado, y estaba vestida con su mejor intento de un uniforme de arqueóloga, que incluía pantalones kaki y un top color kaki abotonado. Lo completó con un sombrero que encontró en su viejo kit de disfraces.

"Sí sabes que sólo vamos a visitar, ¿verdad?" le preguntó Mouse cuando se sentaba a su lado en el autobús.

"¿Qué quieres decir?" preguntó Rebekah inocentemente.

"Quiero decir que no puedes hacer ningún tipo de excavación en el museo, sólo puedes ver lo que ya fue encontrado", le señaló. Mientras uno de los profesores caminaba por el pasillo contando a los estudiantes, él cubrió el bolsillo de su camisa, donde uno de sus ratones estaba escondido. Mouse siempre traía consigo una de sus mascotas. Hoy había traído a Arthur, quien por supuesto había sido nombrado por el famoso arqueólogo Arthur Evans.

"Oh, Mouse", suspiró Rebekah y sacudió una de sus manos por el aire. "¡Siempre hay algo nuevo que descubrir!"

"Oh no", gruñó Mouse mientras se hundía en su asiento. Rebekah era la mejor detective de su pueblo, al menos eso le gustaba pensar a ella. Siempre estaba investigando algo. Por lo general, estas investigaciones involucran a Mouse metiéndose en algún tipo de problema. ¡Pero Rebekah siempre resuelve su misterio!

Rebekah se deslizó hacia adelante en su asiento y sonrió al próximo asiento, a los niños que estaban sentados delante de ella.

"¿No es increíble pensar que hubo un tiempo en que no habían carros en este camino?" preguntó con una sonrisa.

"Lo que es más increíble es la invención de los cinturones de seguridad", la Sra. Morris dijo mientras señalaba el cinturón que Rebekah había olvidado sujetar.

"Lo siento", se sonrojó y ajustó su cierre del cinturón de seguridad. "Estoy muy emocionada por el museo".

"Yo también", la Sra. Morris le guiñó un ojo y luego regresó a su asiento. El viaje en autobús fue largo y los profesores mantuvieron a los niños ocupados cantando canciones y contando historias por turnos. Cada estudiante tenía un turno para añadir su toque personal a la historia que se estaba pasando alrededor del autobús. Cuando le llegó el turno de Rebekah, todo el mundo se calmó y escuchó con atención lo que añadía. Hasta ahora, la historia era sobre un conejo marrón que se perdió en la selva y que apenas pudo pasar a través de un parche de baba de malvavisco antes de subir a un cohete y ser disparado hacia la luna, que el conejo pronto descubrió estaba hecha de lechuga, ¡no de queso!

"Así que el conejo marrón masticaba un agujero a través de la luna de lechuga y en el centro se encuentra-", Rebekah empezó a decir.

"¡El museo!" Algunos de los otros estudiantes empezaron a aplaudir. Por mucho que a los niños les gustaba escuchar las ideas de Rebekah, estaban muy emocionados por llegar al museo para escuchar el final de la historia.

"Te escucho", Mouse sonrió a Rebekah. "¿Qué encontró el conejo?"

Rebekah sonrió y guiñó un ojo verde. "¡El museo, por supuesto!"

Capítulo 2

A medida que los estudiantes amontonados bajaban del autobús, los maestros hacían todo lo posible para mantenerlos en una fila ordenada. Mouse había cambiado a Arthur al bolsillo delantero de su mochila para que no lo vieran.

"No rayes mi cámara", advirtió mientras le daba una migaja de queso para mantener a Arthur tranquilo. Cuando entraron en el museo se dividieron en grupos. Rebekah esperaba poder quedarse con la señora Morris, pero en cambio, tuvo que unirse a un grupo liderado por la Sra. Konti. ¡Ella era la profesora de matemáticas más estricta que Rebekah había tenido nunca! Cuando Rebekah llevó sandalias a la escuela e intentó hacer una broma de contar con los dedos de manos y pies, la Sra. Konti le advirtió que iba a conseguir una detención si seguía así. Ella tomaba muy en serio las matemáticas. A Rebekah le parecía que la señora Konti tomaba todo muy en serio.

"Ahora niños", dijo con severidad. "No quiero que ninguno de ustedes salga corriendo. Debemos permanecer juntos como un grupo, ¡y no toquen nada!" ella estampó un pie para dejar ese último punto bien claro.

Rebekah suspiró y Mouse le dio unas palmaditas a la parte delantera de su mochila. "Eso va contigo Rebekah", dijo la Sra. Konti con un movimiento de cabeza.

"Sí, señora", replicó Rebekah y frunció el ceño. No le gustaba ser señalada. Pero la señora Konti tenía razón, ya que ella había sido la que dejó huellas en las pantallas de ordenador en su nuevo laboratorio de computación. A Rebekah le pareció muy interesante y pensó que podría utilizar las pantallas como una forma de registrar las huellas dactilares. Había pasado toda la tarde limpiando las pantallas mientras le daban una conferencia sobre el costo de los monitores de pantalla plana.

Capítulo 3

El guía que los llevaría a través del museo se acercó. Era un hombre alto y delgado que llevaba diminutos anteojos que se posaban en el extremo de su estrecha nariz. Parecía un poco molesto de estar liderando al grupo en primer lugar.

"Hola, niños", dijo, y ofreció una pequeña sonrisa. "Nuestro recorrido inicia con-" mientras comenzaba a hablar de la primera exhibición, la atención de Rebekah deambulaba. Había aprendido que ser un buen detective significaba prestar atención a lo que nadie notaba. Así que cuando todo el mundo estaba mirando en una dirección, ella solía mirar a otro lado. Allí, en la ventana, no muy lejos de donde se encontraban, había un pedestal vacío. Ella entrecerró los ojos para poder leer la descripción desde una distancia. Se suponía que iba a ser una colección de joyas. ¡Pero las joyas habían desaparecido! Rebekah tiró de la manga de Mouse, pero él la ignoró con un gesto. Él estaba tratando de escuchar el discurso sobre el hueso de dinosaurio exhibido en la ventana justo frente a ellos.

"Sra. Konti", Rebekah gritó tratando de llamar la atención de su maestra.

"¡Shh!" dijo ella bruscamente a Rebekah y le dio una mirada molesta.

Rebekah frunció los labios y levantó la mano. Esperó, con la esperanza de que su maestra o el guía turístico la llamaran, pero la señora Konti estaba de pie justo en frente de ella, bloqueándole la vista. El grupo comenzó a pasar a otra sección del recorrido. Mouse seguía, hasta que Rebekah agarró su mochila y tiró de él hacia atrás.

"Mouse, por favor", dijo. "¡Tengo que mostrarte algo!"

"¿Qué pasa?" Mouse preguntó mientras ajustaba su mochila y recobraba el equilibrio.

"Mira, ¡las gemas en esta exhibición están perdidas!", dijo con el ceño fruncido.

"Oh no", él inclinó ligeramente la cabeza hacia un lado. "¿Estás segura de que no sólo son invisibles?"

"Por supuesto que no son invisibles", dijo Rebekah con un suspiro. "La señal no dice nada acerca de sean invisibles."

"Oh", él asintió con la cabeza un poco. "Bueno, estoy seguro de que aparecerán".

"No, no lo harán", dijo Rebekah con firmeza. "No si no las encontramos".

"Rebekah", Mouse suspiró. "No podemos meternos en problemas hoy, ¿de acuerdo?"

"¿Problemas?" Rebekah se cruzó de brazos. "Supongo que ignorar un robo de joyas estaría bien, ¿siempre y cuando no nos metamos en problemas?"

"Correcto", Mouse asintió bruscamente y comenzó a caminar de vuelta hacia el grupo.

"Mouse, ¡vuelve aquí!" Rebekah exigió. "Necesito la cámara para tomar fotos de la evidencia".

Mouse se volvió con un suspiro. Rebekah era su mejor amiga, y él no iba a dejar que se metiera en problemas sin él, eso era seguro.

"Aquí, sólo sácala de mi bolso", dijo, y se dio la vuelta para que pudiera desabrocharlo. Rebekah sacó la cámara. Ella arrugó la nariz mientras se sacudió algunas migas de queso.

"¿A qué vas a tomarle una foto?" Preguntó Mouse. "No hay nada allí".

"Voy a tomar una foto de lo que no está ahí", respondió ella con una sonrisa. Tomó la fotografía. Entonces encendió la cámara y, usando las herramientas, expandió la imagen de manera que fuera mucho más grande de lo que el simple ojo puede ver.

"Mira", señaló la forma del cojín que hubieran tenido las gemas. "Ahora podemos ver de qué tamaño eran, por lo que si vemos a alguien con ellas, sabremos si son las correctas".

"¡Bien pensado!" Mouse exclamó y sonrió con orgullo a Rebekah. A pesar de que no siempre era fácil ser arrastrado hacia sus misterios, ¡siempre era divertidos!

"Ahora sólo tenemos que averiguar quién se los llevó", dijo Rebekah con severidad. "Si el personal del museo no va a escuchar, entonces vamos a tener que hacer el trabajo por ellos".

Capítulo 4

Los dos se encaminaron por el pasillo mientras su grupo de excursión iba más y más por delante. Rebekah acechaba a pocos pasos delante de Mouse, sus ojos buscando los más pequeños detalles de la gente que veía pululando alrededor. Lo que su estrecha observación no podía revelar era que ella no había cerrado la cremallera de la mochila de Mouse después de que lo había abierto, ¡lo que significaba que había un pequeño ratón en fuga!

Caminaron hasta una de las exhibiciones donde se reunían muchas personas. Un miembro del personal del museo estaba señalando el interior para mostrar los diferentes aspectos de los antiguos artefactos en el interior de la vitrina. Cuando la multitud empezó a jadear y gritar, Rebekah sabía que algo extraño estaba sucediendo. Ella y Mouse se movieron cortésmente al frente de la multitud. Los ojos de Rebekah se agrandaron y Mouse gimió cuando vieron a Arthur pasar a través de los artefactos.

"¡Oh, no! Sabía que iba a meterme en problemas!" Mouse suspiró. Arthur corrió de vuelta hacia fuera de la exhibición, haciendo que la gente saltara y corriera lejos del animalito. Mouse lo persiguió, pero se las arregló para entrar en una exhibición de arena sobre cómo era para los exploradores cruzar el desierto. No había manera de que él o Rebekah entraran en la exhibición, por lo que Arthur se quedó solo cruzando el desierto. Por suerte, eran sólo un par de metros de ancho, y llegó al otro lado. Aunque todo el mundo estaba jadeando y tratando de esconderse del ratón, Rebekah aún estaba observando muy de cerca. Se dio cuenta de que un hombre, en vez de mirar el ratón, o la gente que estaba asustada, comenzó a caminar por un pasillo lateral.

"Mira, Mouse", siseó mientras veía al hombre echar un vistazo por encima de su hombro y luego apresurarse por el pasillo. "Ese hombre parece que está planeando algo".

"Estoy un poco ocupado aquí", Mouse gritó mientras se lanzaba hacia adelante, tratando de atrapar a Arthur antes de que llegara a la exhibición de dinosaurios. Él falló, y el ratón blanco se deslizó a través de la alfombra y justo a la exhibición de los dinosaurios.

"Oh, por favor, por favor, ¡no dejes que se caiga!" Mouse chilló y buscó a tientas el queso en su mochila. El pequeño ratón blanco estaba corriendo alrededor de los pies huesudos de los esqueletos de dinosaurios. Cada vez que rozaba los huesos, el esqueleto se estremecía. "¡Mira, Arthur, queso!" gritó. El ratón olfateó el aire por un momento. Luego puso sus ojos pequeños y brillantes en el queso. Corrió hacia él, eludiendo los ojos de uno de los miembros del personal del museo. Mouse lo levantó con rapidez y lo arropó con seguridad de nuevo en su mochila con el queso. Entonces hizo todo lo posible para que pareciera que no sabía nada de ratones.

"¡Mouse!" La Sra. Konti gritó, sus ojos se entrecerraron en una mirada. "No trajiste alguna de tus mascotas contigo hoy, ¿verdad?"

"Por supuesto que no, Sra. Konti", dijo con una pequeña sonrisa. "Traer a un ratón a un museo, eso sería una tontería".

"Sí que lo sería", la Sra. Konti estuvo de acuerdo. "Ustedes dos tengan cuidado, ¿de acuerdo?"

"Lo tendremos, Sra. Konti", Rebekah asintió. "¡Oh!" ella abrió la boca y señaló hacia el pasillo. "Creo que veo algo ahí abajo, ¿puedo ir a ver?"

La Sra. Konti volteo a mirar el caos en el que estaba el museo mientras que el ratón estaba correteando, luego asintió a Rebekah.

"Está bien, ¡pero sin meterse en problemas!"

Rebekah suspiró. "¿Por qué todo el mundo me dice eso?" preguntó ella.

Mouse se rió y caminaron juntos por el pasillo.

"Lo vi entrar por una de las puertas", susurró Rebekah. "Tenemos que darnos prisa, no tenemos mucho tiempo. Si la Sra. Konti piensa que nos hemos ido demasiado tiempo, vendrá a buscarnos".

"¿De verdad crees que es él quien tomó las joyas?" Mouse preguntó con el ceño fruncido.

"Parecía que estaba tramando algo", dijo Rebekah con una inclinación de cabeza.

"Rebekah, siempre piensas que todo el mundo está tramando algo", Mouse le recordó. Rebekah abrió la boca para protestar, pero no tenía ningún argumento para decir lo contrario. Estaba en lo cierto. Una vez había cuestionado un bombero sobre por qué estaba merodeando junto a un hidrante. Le había parecido sospechoso a ella en el momento.

"Aquí, esta puerta", susurró Rebekah. Se detuvo junto a ella. Había una pequeña ventana rectangular en la puerta. Ella miró a través de ella. Dentro había una pequeña oficina con una mesa y una luz ajustable brillante. El hombre estaba inclinado sobre la mesa, murmurando para sí mismo.

"Mira, está hablando solo", Rebekah señaló. "Muy sospechoso".

"Claro", Mouse sacudió la cabeza y miró por la ventana. "¡Oh, Rebekah, mira!", dijo al señalar un espejo que estaba sobre el escritorio. En su reflexión podía ver las diversas joyas. Eran de diferentes tamaños y muchos colores, pero eran las formas correctas para las fotos que habían tomado.

"¡Las joyas!" Rebekah dijo alegremente. "¡Las hemos encontrado!"

"¿Y ahora qué?" Mouse frunció el ceño. "No podemos pedirle que las devuelva".

"¿Por qué no?" Rebekah se encogió de hombros con los ojos entornados con determinación.

"Rebekah, si él está robando las joyas, ¡entonces es un hombre peligroso!" Mouse dijo con firmeza. "No podemos acusarlo de un crimen. ¡Sólo somos niños y no nos va a escuchar!"

"Tienes razón", Rebekah suspiró y sacudió la cabeza. Entonces se dio cuenta de otra puerta marcada como almacenamiento. Sonrió para sus adentros. "Pero tal vez, sólo tal vez, si no fuéramos unos niños".

'¿Qué quieres decir Rebekah?" Mouse preguntó e hizo una mueca.

Capítulo 5

Rebekah se acercó al armario e intentó abrir la perilla. Por suerte estaba abierta. Ella había estado en el museo antes, y sabía que en Halloween tenían algunas decoraciones muy divertidas. Si estaban en ese armario o no, ella no estaba segura de ello, hasta que-

"¡Ah! ¿Qué es eso?" Mouse gritó mientras se agachaba para salir del clóset. En la parte trasera del armario, medio oculto por las sombras, había un maniquí momia.

"No te preocupes, es sólo un maniquí", dijo ella con una sonrisa y extendió la mano para agarrarlo.

"¡No lo toques! ¡No lo toques!" Mouse chilló. Se veía muy real. Pero cuando Rebekah lo cogió, era muy ligero.

"Usaron estos en Halloween como una broma", le explicó y se lo mostró a Mouse. "Es tan inofensivo como un osito de felpa".

"Hmph, me gusta que mis osos de felpa se vean como osos", dijo severamente.

"¿Entonces tienes un oso de felpa?", sonrió Rebekah

"¡Rebekah!" Mouse suspiró y negó con la cabeza.

"Vamos, veamos si esto funciona", Rebekah sonrió. Sostuvo el muñeco frente a ella y habló con una voz resonante. "Mouse, ¿sueno como una momia?" preguntó.

"Oh basta", se rió. "¡No sé si reír o correr!"

"¿Entonces funcionará?" preguntó mientras veía por encima del hombro de la momia.

"No lo sé, Rebekah, pero sí que da miedo", asintió Mouse.

Rebekah frunció el ceño. "Bueno, supongo que vale la pena intentarlo", dijo mientras llevaba el muñeco fuera del almacén.

"Ahora tú toca la puerta y llama su atención, luego corre. Ve con la Sra. Konti para que no nos venga a buscar. Dile que fui al baño, ¿de acuerdo?"

Mouse asintió, pero frunció el ceño. "Rebekah, ¿qué pasa si no te cree? ¿Qué pasa si se enfada?"

"No tengo miedo", dijo Rebekah firmemente.

"No lo sé, si es un ladrón", Mouse sacudió la cabeza. "Tal vez esto no es una muy buena idea".

"Estaré bien", prometió Rebekah. "Si no sabes de mí en veinte minutos, entonces dile a la Sra. Konti qué pasa, ¿de acuerdo?" le pidió. Ambos sincronizaron relojes para asegurarse de que tuvieran la misma hora.

"Ten cuidado, Rebekah", dijo Mouse mientras comenzaba a irse. Rebekah hizo que el muñeco de momia moviera la mano diciendo adiós.

Mouse se estremeció e hizo una mueca. "¡Detente!" suplicó y se dirigió hacia la puerta, donde habían visto al hombre inclinado sobre las gemas. Él llamó con fuerza a la puerta. Luego esperó para asegurarse de que el hombre se levantara. Después se echó a correr por el pasillo para reunirse con el grupo de la escuela, que aún estaba con el personal del museo para tratar de atrapar al ratón. Afortunadamente, Arthur estaba a salvo en la mochila de Mouse.

Capítulo 6

Cuando el hombre abrió la puerta de la oficina y se asomó curiosamente, Rebekah se puso en acción. Levantó el muñeco de momia frente a ella y esperó hasta que él la mirara. Cuando lo oyó jadear, empezó a bramar.

"¡Me has robado joyas antiguas! ¡Debes regresarlas! ¡No debes robar!" dijo con una voz tan fuerte y tan oscura, que el hombre se estremeció.

"¡Ah!" el hombre se sorprendió al ver el muñeco momia. Entonces movió su dedo. "¿Quién está ahí?", se preguntó. "¡No deberías estar jugando con eso!"

Rebekah tenía que pensar rápido. El hombre no creía que era una momia. Si ella no conseguía las gemas, ¡él iba a salirse con la suya! Así que empujó la momia hacia el hombre y salió corriendo a la habitación donde estaban las joyas.

"¡Oye!" Gritó el hombre mientras trataba de sacar la momia fuera de su camino. "¿Qué crees que estás haciendo?", exigió. Rebekah cogió las gemas y corrió de vuelta fuera de la oficina.

"¡Alto!" Gritó el hombre.

"¡Nunca vas a robar estas joyas!" Ella gritó y corrió hacia la puerta al final del pasillo.

"¡Espera! ¡Vuelve!" El hombre suplicó y fue tras ella.

Rebekah llegó al final del pasillo. Miró rápidamente a su alrededor. Había una salida de emergencia que ella sabía activaría las alarmas si corría a través de ella. Tantas veces que le habían dicho los maestros y otros adultos que no empujara esas puertas, ¡no eran juguetes! Pero ahora, no tenía otra opción. Tenía que salir y llevar las gemas de vuelta a salvo al personal del museo. Cuando empujó la puerta y la abrió, oyó los pasos del hombre corriendo detrás de ella.

"¡Alto ahí!" bramó.

Capítulo 7

Dentro del museo, Mouse oyó las alarmas sonando. Se encogió y supo que el plan de Rebekah no había funcionado de la manera que ella quería. Miró su reloj, pero sólo habían pasado diez minutos. Él había prometido que no le diría a la señora Konti hasta que hubieran pasado veinte minutos. Los niños y el personal todavía estaban buscando el ratón cuando las alarmas comenzaron a sonar.

"Bien niños, mantengan la calma", dijo la señora Konti y levantó las manos en el aire. "Vamos a tener que evacuar el museo, así que por favor deben alinearse".

Por supuesto, los estudiantes que ya estaban alborotados por el ratón y aturdidos por los sonidos de la alarma no se pusieron en una línea recta. ¡Empezaron a correr en direcciones diferentes!

"¡No! ¡No! ¡Vuelvan!" La señora Konti gritó. Ahora el personal del museo estaba ocupado recogiendo a los estudiantes y logrando que hicieran una línea, mientras que los otros clientes del museo comenzaron a caminar hacia el estacionamiento.

"¿Hay un incendio?" una mujer le preguntó a otra.

"¿Ha habido un robo?" un hombre le preguntó a uno de los empleados del museo.

"No lo sabemos, señor", dijo el funcionario. "Pero lo mejor es que todo el mundo evacúe el edificio hasta que todo pueda ser resuelto", dijo. "¡Tal vez ese ratón molesto tenga algo que ver con esto!"

Mouse comprobó el bolsillo de su mochila para asegurarse de que Arthur siguiera allí. Suspiró con alivio cuando vio que él estaba mordisqueando un trozo de queso. A medida que comenzaron a abandonar el museo, Mouse miró por encima de su hombro. Esperaba que Rebekah estuviera bien.

Capítulo 8

Rebekah no estaba bien. ¡Ella estaba siendo perseguida por el ladrón de joyas! Tenía la esperanza de que se daría por vencido una vez llegara a la puerta, ¡pero él estaba sobre sus talones! Rebekah corrió tan rápido como pudo a través del estacionamiento. Sabía que no debía abandonar el museo con las gemas, pero estaba segura de que el personal entendería cuando regresaran sanas y salvas. Con las gemas sujetadas firmemente en su mano, ella siguió corriendo tan rápido como pudo.

"¡Jovencita, detente en este instante!" Gritó el hombre detrás de ella.

"¡Nunca vas a conseguir estas joyas!", gritó por encima de su hombro. Pero él no estaba deteniéndose. Estaba corriendo muy rápido, ¡y casi la alcanzaba! Ella estaba casi al final del estacionamiento, y las alarmas estaban a todo volumen en el museo. Se encogió mientras se preguntaba cómo Mouse manejaba las cosas adentro. ¡No tenía mucho tiempo para pensar en ello, ya que podía oír los pasos del hombre cada vez más cerca!

Capítulo 9

Ella no se dio cuenta de que todo el museo comenzaba a ir al estacionamiento. La Sra. Konti estaba contando los estudiantes de su grupo, cuando se quedó sin aliento por el terror.

"¡Oh no! ¡Falta alguien!" gritó.

Mouse hizo una mueca. "¡Oh, Sra. Konti, Rebekah estaba en el baño!" dijo rápidamente.

"Oh rayos, oh no", la Sra. Konti estaba preocupada. Llamó con un gesto de la mano a uno de los trabajadores del museo. "¡Todavía hay una niña dentro!"

"No se preocupe", la confortó el trabajador. "Tenemos personas evacuando cada sala y los baños. Si está adentro, la encontraremos".

Mouse frunció el ceño mientras se preguntaba qué sucedería si descubrían que Rebekah no estaba dentro del museo.

"Tal vez ella volvió a entrar", pensó, y luego miró por encima del hombro. A lo lejos, corriendo por el campo cubierto de hierba, vio las trenzas rojas de Rebeca.

"¡Oh no!" Gimió cuando vio al ladrón de gemas persiguiéndola. "Corre, Rebekah", gritó.

Su grito hizo que los otros estudiantes voltearan a ver lo que estaba sucediendo, al igual que los profesores.

"¡Mira!" Uno de los niños gritó. "¿A dónde va Rebekah?"

"¡Rebekah!" La señora Konti y la señora Morris gritaron al mismo tiempo.

Rebekah oyó su nombre gritado al otro lado del césped, pero ella siguió corriendo. Sabía que si el hombre la atrapaba, ella nunca podría ser capaz de mantener las joyas a salvo. Cuando el personal del museo vio la escena que se desarrollaba no estaban seguros de qué hacer al principio.

Entonces vieron al hombre persiguiendo a Rebekah, y entraron en acción. El personal de seguridad comenzó a correr detrás de Rebekah y el hombre del que estaba huyendo.

Cuando oyó el sonido de más pasos detrás de ella, miró por encima del hombro. Se sintió aliviada al ver que la seguridad estaba en camino. Ellos estarían encantados de que ella hubiera mantenido las joyas a salvo. También vio que el hombre que la perseguía estaba cansando. Él no estaba corriendo tan rápido como antes. Tenía las mejillas muy rojas, y estaba jadeando y resoplando. El personal de seguridad estaba cada vez más cerca. En el borde del estacionamiento, su guía turístico estaba de pie con las manos en las caderas y los ojos entornados detrás de sus gafas.

"¿Es ella una de sus estudiantes?", Exigió. "¿Ha robado algo del museo?"

"Por supuesto que no lo ha hecho", dijo la señora Konti bruscamente. "Rebekah puede causar revuelo, ¡pero no es una ladrona!"

"Pues vamos a ver lo que la seguridad tiene que decir sobre eso", respondió el hombre con un gruñido.

Capítulo 10

La Sra. Konti no quería permitir que Rebekah se metiera en problemas por algo que no hizo. Metió la mano en su gran bolso y sacó sus tenis. Se cambió rápidamente de sus zapatos de vestir a sus tenis y salió corriendo por el césped. La señora Konti corría maratones. Ella era una estrella de atletismo cuando estaba en la escuela secundaria. La señora Konti corrió más aprisa que el personal de seguridad.

"¡Rebekah!" gritó. Los ojos de Rebekah se abrieron al oír la voz. Ella sabía que estaba en problemas reales ahora. Pero estaba segura de que una vez que la maestra se enterara de cómo había frustrado un robo de gemas, todo iba a salir bien. Al menos eso esperaba. Rebekah estaba tan ocupada mirando por encima del hombro a la Sra. Konti que se tropezó con una piedra en el césped.

"¡Oh no!" Mientras caía sus manos se abrieron, y las joyas que había estado llevando se esparcieron por el césped.

"¡Rebekah!", dijo la Sra. Konti con el ceño fruncido.

"¡Jovencita!" el ladrón de gemas gruñó.

"¿Qué está pasando aquí?" El personal de seguridad exigió.

"¡Atrápenlo!" Rebekah anunció. "¡Se robó las joyas del museo!" ella señaló al hombre de pie junto a ella.

"No lo hice", dijo jadeando. "¡Yo no he robado nada!"

El guía turístico y algunos otros miembros del personal del museo habían alcanzado a tiempo para escuchar la acusación de Rebekah.

"Él es John Reynolds, es nuestro experto en gemología", dijo el guía de turismo con el ceño fruncido. "Él no robó las joyas".

"Pero, pero", Rebekah tartamudeó. "Ellas habían desaparecido de la exhibición y luego lo vi con ellas", frunció el ceño.

"Por supuesto que sí", dijo mientras se tambaleaba hacia ella. "Yo las estaba limpiando. Algo de polvo había caído sobre ellas y estaban perdiendo su brillo, por lo que estaba limpiándolas para que fueran agradables y brillantes para la excursión. Tenía la esperanza de tenerlas listas antes de que se fueran", suspiró y respiró hondo.

Rebekah alzó la mirada hacia todos los adultos con el ceño fruncido hacia ella. Ella arqueó una ceja y trató de sonreír, con la esperanza de que pudiera encantarlos para que entendieran que todo había sido un error inocente.

"¿Lo siento?" dijo esperanzada.

"¿Lo sientes por casi darle al Sr. Reynolds un ataque al corazón?" preguntó el guía turístico.

"¿Lo sientes por haber comenzado una alerta de emergencia con el personal de seguridad?" uno de los hombres de seguridad preguntó.

"¿Lo sientes por causar tal desastre en nuestro paseo de campo?" preguntó la señora Konti.

"Lo siento, se me cayeron las gemas", hizo una mueca y comenzó a tamizar a través de la hierba.

"¡Las joyas!" todos se quedaron sin aliento.

"Yo sólo estaba tratando de ayudar", Rebekah resopló mientras miraba a través de la hierba.

Capítulo 11

Todo el mundo empezó a recogerlas con ella. No pasó mucho tiempo hasta que habían recogido todas las gemas excepto una. Rebekah buscó y buscó.

"¡Aquí está!" de repente gritó y la recogió del suelo. Cuando lo hizo, quitó un poco de tierra de otra cosa en el suelo.

"Vámonos, Rebekah," dijo la señora Konti con un suspiro de alivio mientras le entregaba la última gema al Sr. Reynolds.

Rebekah estaba demasiado ocupada con su nuevo misterio para responder. Bajó la mirada a lo que había encontrado cerca.

"Mira esto", dijo en voz baja.

"¡Suficientes misterios, Rebekah!" Dijo la señora Konti.

"No, se ve interesante," el señor Reynolds dijo mientras miraba la pieza. "Parece un pedazo de una vasija de barro".

Otros miembros del personal del museo comenzaron a reunirse en torno a Rebekah y la señora Konti.

"Oh, ¡lo ha encontrado!" uno de los miembros del personal clamó.

"¿Qué quieres decir?" la Sra. Konti hizo una mueca, con la esperanza de que Rebekah no hubiera causado más problemas.

"Sabíamos que alguna vez esta fue la ubicación de una tribu indígena", explicó el guía. "Fue una de las razones por las que el museo fue construido aquí. Pero nunca he sido capaz de encontrar ninguna evidencia de la tribu perdida. Ahora esto", suspiró mientras se agachó delante de la pieza de la olla de barro. "¡Esto es increíble!"

Rebekah sonrió un poco. La Sra. Konti arqueó una ceja. Rebekah dejó de sonreír.

"Lo que pasó aquí hoy ha sido muy grave, Rebekah", dijo con firmeza. "Causaste un montón de problemas con tu travesura".

Rebekah bajó los ojos. "Lo sé", suspiró. "Realmente no fue mi intención."

"Sé que no lo fue, Rebekah", la Sra. Konti sonrió un poco. "Pero podrías haberme sólo hablado de eso".

"Lo intenté", Rebekah protestó.

"La próxima vez, ¡esfuérzate más!" Dijo la señora Konti. "Esta se supone que sería la mejor excursión del año. Es hora de volver a casa, Rebekah, y ahora nunca vamos a llegar a ver el museo", la Sra. Konti suspiró mientras miraba su reloj.

"Bueno, ya que se perdieron de su paseo, y sin las payasadas de Rebekah nunca hubiéramos encontrado este sitio, ¿le gustaría a usted y sus estudiantes ayudarnos en excavar en el lugar?" el guía turístico ofreció. "Estoy seguro de que el propietario del museo estaría de acuerdo con eso".

"Oh, ¿podemos?" Rebekah suplicó mientras miraba a su maestra. Estaba segura de que la Sra. Konti diría que no. Ella siempre parecía tan seria. Fue sólo entonces que Rebekah notó las zapatillas de deporte que sobresalían de la falda de la señora Konti. Tal vez hay algunas cosas que no sabía sobre esta maestra.

La Sra. Konti no pudo evitar sonreír y sacudir la cabeza. "Por supuesto que podemos, Rebekah."

En los próximos meses los alumnos pudieron visitar el sitio una vez por semana y ayudar en el descubrimiento de los artefactos de una tribu perdida. Encontraron artículos que fueron utilizados para cocinar y algunas herramientas. Fue la primera evidencia de que la tribu había vivido en la tierra que el museo había comprado. Atrajo visitantes de todas partes del mundo para observar la excavación.

"Supongo que tenías razón, como de costumbre", Mouse murmuró mientras buscaban entre un poco de tierra.

"¿Acerca de qué?" Rebekah preguntó con curiosidad.

"Siempre hay algo que descubrir", se rió.

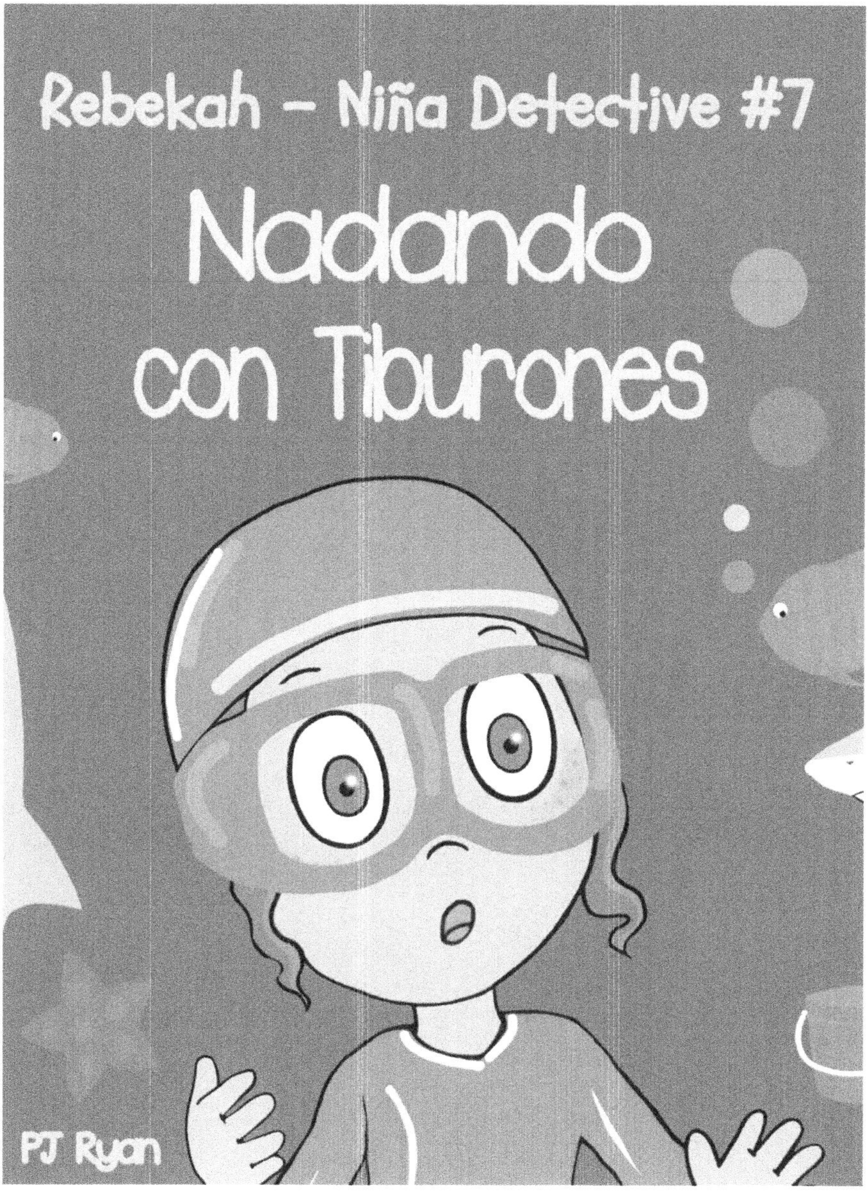
Rebekah - Niña Detective #7
Nadando con Tiburones
PJ Ryan

Rebekah - Niña Detective #7

Nadando con Tiburones

Capítulo 1

Uno de los momentos favoritos de Rebekah del año era el verano. No sólo porque no había escuela, lo que significaba que no había tareas, había otras razones también. El sol se quedaba más tiempo, dándole un montón de tiempo para investigar. Siempre había un camión de helados en la esquina. A veces, su familia comía la cena en el patio trasero bajo las estrellas. Sin embargo, su parte favorita del verano, incuestionablemente, era pasar el día en el lago. El lago no estaba muy lejos de su casa y tenía una playa arenosa para jugar. El agua estaba siempre fresca y era fácil chapotear en ella. Durante el verano, ella y algunos de sus amigos de la escuela se reunían al menos una vez a la semana para ir a nadar juntos. Era algo que ella esperaba con ansias.

Esta semana era una semana muy especial, porque Rebekah iba a nadar bajo el agua por primera vez. A Rebekah le gustaba nadar, pero no le gustaba mucho poner la cabeza bajo el agua. Era sólo que tenía un poco de miedo de hacerlo. Mouse le había mostrado docenas de veces que era fácil, pero ella todavía no quería intentarlo. Después de ver a uno de sus amigos bucear bajo el agua y volver con una gran roca ¡decidió que también quería ser capaz de investigar bajo el agua! Así que por primera vez iba a ser valiente acerca de este asunto de nadar bajo el agua. ¡Ella estaba finalmente lista para poner su cabeza bajo el agua! Por supuesto que tenía que asegurarse de tener el equipo adecuado que necesitaba para tener éxito en su viaje submarino. ¡Ella tenía el gorro de baño perfecto! Fue capaz de meter todos sus rizos rojos debajo de ello. Era un poco apretado, pero al menos su cabello estaría a salvo. También tenía un nuevo par de gafas de natación, por lo que podía ver bajo el agua. A Rebekah no le gustaba perderse nada y esta fue la razón principal por la que quería asumir esta misión. Se imaginó que podría haber un barco hundido, o algún tesoro perdido, o incluso fósiles de antiguos animales escondidos bajo la superficie del lago. ¡Era muy emocionante para no echar un vistazo!

Capítulo 2

Cuando llegó al lago, su mejor amigo Mouse ya estaba allí. Él estaba ocupado junto al borde del lago construyendo lo que parecía ser una piscina en miniatura.

"¿Mouse? ¿Trajiste tus muñecas al lago?" preguntó con sorpresa ya que la piscina se parecía a la que tenía para las pequeñas muñecas con que le gustaba jugar.

"No", Mouse negó con la cabeza y sonrió. "¡No es para muñecas!" Metió la mano en el bolsillo y sacó un ratón blanco intranquilo. Así fue como Mouse consiguió su apodo. No se parecía en nada a un ratón, pero sí tenía varios ratones como mascotas. Siempre tenía uno con él, a veces más de uno. En la pequeña piscina había puesto una pila de arena, un pequeño sillón y pequeños cuencos con comida y agua.

"¿Por qué debería tener sólo yo toda la diversión?" preguntó con una sonrisa. Puso al ratón suavemente en la piscina. "El pequeño Lochness también necesita un día en el sol!"

"¿Lochness?" Rebekah puso los ojos en blanco por el nombre que Mouse había elegido para su mascota. "¿Hablas en serio?"

"Bueno sí", Mouse se encogió de hombros. "Estamos en un lago, parecía que Lochness era el ratón correcto que traer. Él lleva el nombre de un famoso monstruo de lago, después de todo".

"Oh, Mouse, no hay cosas tales como monstruos de lago", ella negó con la cabeza y puso sus manos en las caderas.

"Puede que sí", dijo con firmeza Mouse. "¡Ha habido una gran cantidad de avistamientos, fotografías y relatos sobre extrañas criaturas que se esconden en las profundidades de los lagos en todo el mundo!"

"Historias sería la palabra clave", dijo Rebekah con una sonrisa. "Porque son inventados, como los cuentos de hadas. Sólo son pequeñas historias que la gente cuenta para asustar a los demás".

"Si tú lo dices", Mouse se encogió de hombros y dejó caer un poco de queso en la piscina de Lochness. "Pero una cosa es segura, si hay un monstruo de lago en nuestro lago, ¡voy a conseguir pruebas!" levantó la cámara resistente al agua. "¡Así que veremos lo que dirás cuando consiga mi fotografía!"

Capítulo 3

Rebekah y Mouse se metieron en el agua. Estaba un poco fría, pero el calor del sol los calentó muy rápido. Mouse probó su cámara hundiéndola en el agua y luego tomando una foto. Sonrió cuando todavía trabajaba.

"¿De verdad vas a meter la cabeza bajo el agua hoy?" Mouse le preguntó a Rebekah.

"Sí, creo que ya es hora", dijo Rebekah con orgullo. La mayoría de sus amigos ya sabían cómo nadar bajo el agua. La madre de Rebekah una vez le había preguntado si la hacía sentirse mal no poder hacer lo que sus amigos estaban haciendo en el agua. Rebekah sólo se encogió de hombros.

"Cuando esté lista para poner mi cabeza bajo el agua, lo haré", dijo ella con confianza.

Ahora estaba lista. Al menos, eso pensó ella. Ajustó las gafas en sus ojos y parpadeó un par de veces a Mouse.

"¿Cómo me veo?" ella se rió.

"¡Parece que podrías ser el monstruo del lago!" Mouse se echó a reír y luego se alejó nadando tan rápido como le era posible.

"¡Oh, ya te mostraré un monstruo de lago!" gritó y nadó tras él, cuidando de mantener la cabeza por encima del agua. Cuando llegaron a un punto del lago donde los dedos de los pies de Rebekah apenas podían tocar el suelo arenoso, se detuvo. Esto era por lo general hasta donde llegaba en el agua. Ella no se sentía tan segura nadando, ya que no nadaba bajo el agua.

"Hoy es el día", se dijo con confianza.

"¡Simplemente cuenta hasta tres y sumérgete!" Mouse le dijo. "Mírame", le sonrió y se tapó la nariz. "¡Uno, dos, tres!", dijo en una voz nasal. Luego se sumergió bajo el agua con una gran salpicada. Rebekah se limpió las gafas del agua que salpicó sobre ella y se preparó. El corazón le latía un poco más rápido de lo habitual. Ella sabía que sería seguro ir bajo el agua, pero todavía tenía sólo un poco de miedo.

"Uno", dijo en un susurro y se hundió en el agua. "Dos", dijo ella, su barbilla se sumergía en el agua. "¡Tres!" chilló y estaba a punto de sumergir la cabeza cuando vio algo muy extraño nadando al otro lado de la superficie del agua. Se quedó sin aliento, y sin querer su boca se llenó de agua. Mientras ella tosía y escupía, Mouse volvió a la superficie.

"Rebekah, ¿estás bien?" le preguntó mientras nadaba cerca de ella. "¿Bajaste?"

Rebekah seguía tosiendo cuando señaló con el dedo a través del agua en la dirección de lo que había visto. "¡Ti-tiburón!" se las arregló para gritar.

Capítulo 4

"¿Tiburón?" Mouse se rió y negó con la cabeza. "Rebekah ¡estamos en un lago!", señaló.

"¡Tiburón!" Rebekah gritó más fuerte esta vez, ya que había visto una aleta triangular pasar con velocidad en la dirección de un grupo de nadadores. "¡Todo el mundo salga del agua! ¡Hay un tiburón! ¡Hay un tiburón!" ella salpicó y gritó tan fuerte como pudo, con la esperanza de que nadie se lastimara.

Las otras personas en el agua no escucharon exactamente lo que ella estaba gritando, pero con todas las salpicaduras y alboroto que estaba haciendo, decidieron darse prisa fuera del agua.

"¿Es un monstruo de lago?" uno de los otros niños de su clase preguntó mientras todos se reunieron en la arena juntos. El salvavidas se había bajado de su puesto para ver de qué se trataban todos los gritos.

"¿Qué pasa? ¿Hay alguien herido?" preguntó, con un flotador agarrado fuertemente en la mano.

"¡Hay un tiburón en el agua!" Rebekah dijo con voz aguda. "¿Cómo puedes dejar que la gente nade en un lago con un tiburón?" preguntó ella, con los ojos muy abiertos y llenos de ira.

Las otras personas a su alrededor comenzaron a mirarla de manera muy extraña. Mouse bajó la cabeza y suspiró. El salvavidas entrecerró los ojos mientras miraba a Rebekah.

"Señorita, no hay nada divertido sobre hacer una falsa alarma. ¡Sólo se debe gritar y gritar si en realidad estás en problemas!" Él negó con la cabeza y pisando fuerte volvió de nuevo a su puesto de salvavidas.

"¡Creo que un tiburón es un montón de problemas!" Rebekah le gritó.

"Rebekah", Mouse se encogió. "¡No hay tiburones en los lagos! ¡Viven en el mar!"

"Oh, así que un monstruo de lago te lo crees, ¿pero no vas a creer lo que tu mejor amiga vio con sus propios ojos?" cruzó los brazos y le sacó la lengua a Mouse. "Bien, cree lo que quieras, ¡pero hay un tiburón en el agua!"

Ella frunció el ceño mientras observaba a los otros nadadores volver a meterse en el agua. Sabía que nadie le creía. Si ella no lo hubiera visto por sí misma, ella no lo creería tampoco. Pero lo había visto. No había duda en su mente que había un tiburón en el lago.

"No puedo dejar que toda esas personas sean devoradas", se quejó. Entonces vio a Mouse caminando de vuelta al agua.

"¡Mouse! ¡No!" ella abrió la boca y corrió hacia él. "Por favor, ¡no quiero que seas merienda bocadillo de tiburón!"

"¡Rebekah, no hay tiburones en el lago!" dijo con frustración.

"Oh sí, entonces ¿qué es eso?" Rebekah dijo y señaló al otro lado del lago, donde vio el triángulo pasar con velocidad sobre la superficie una vez más.

"Uh", se abrieron los ojos de Mouse. Su respiración aumentó rápido. "Uh", repitió, con su boca abierta.

"Tiburón", dijo Rebekah con calma. "Es la palabra que estás buscando".

"¡Tiburón!" Mouse gritó y señaló a la aleta triangular. "¡Tiburón!" gritó de nuevo. Esta vez nadie en el agua escuchó. Simplemente continuaron nadando. Pero una persona si oyó los gritos de pánico de Mouse.

"Eso es todo", dijo el salvavidas mientras caminaba detrás de ellos. "Ustedes dos, ¡salgan de mi playa!" gruñó y señaló la pequeña valla que rodeaba la línea de la orilla del lago. "¡Ahora!"

"Pero realmente hay un tiburón" dijo Mouse, señalando el último lugar donde lo vio. La aleta se había ido y el salvavidas todavía estaba enojado.

"Si ustedes dos no se van de esta playa ahora mismo, ¡voy a asegurarme de que estén suspendidos de por vida!" dijo con un bufido. "¡No hay nada de gracioso en fingir una emergencia!"

Mouse agarró a Lochness de su piscina.

"Bien", dijo Rebekah con la barbilla levantada en el aire. "¿Quién querría nadar en un lago infestado de tiburones de todos modos?"

Capítulo 5

En cuanto Rebekah y Mouse abandonaron la playa, Rebekah escuchó a sus amigos y otros nadadores chapoteando y riendo en el agua.

"Mouse, espera", ella frunció el ceño al mirar hacia atrás en el agua. "No podemos dejarlos para ser comida".

"Rebekah, ya escuchaste al salvavidas", Mouse le advirtió. "Si nos atrapa en la playa de nuevo, podríamos meternos en un verdadero problema".

"Si no hacemos nada, entonces vamos a escuchar acerca de los ataques de tiburones en las noticias esta noche", señaló Rebekah. "No podemos fingir que no vimos al tiburón".

"Tal vez no era un tiburón", Mouse señaló. "Tal vez fue sólo un reflejo del sol en el agua, o un trozo de una rama de árbol flotando."

Rebekah negó firmemente con la cabeza. "¡Yo sé lo que vi y no era un reflejo o una rama de árbol! ¡Era un tiburón!"

"Parece tan imposible", Mouse suspiró.

"¿Esto viene del niño que cree en monstruos de lago?" Rebekah preguntó con una ceja levantada.

"Yo no he dicho que creo en ellos. Sólo dije que había una gran cantidad de información acerca de ellos", la corrigió.

"Bueno, incluso si no es un tiburón, creo que tenemos que averiguar lo que es, ¿no?" ella mostró una sonrisa que Mouse conocía demasiado bien.

"Oh, rayos" suspiró.

"Eso es correcto, Mouse, ¡tenemos un misterio!" Rebekah dijo con un brillo en sus ojos y una mueca determinada. "¡Lo que está en ese lago va a desear nunca haberse metido con nosotros!"

"Pero, Rebekah, ¿y si realmente es un tiburón?" Mouse preguntó nerviosamente mientras la seguía. "No creo que quiera ser bocadillo de tiburón".

"No te preocupes", Rebekah sonrió mientras se abrían camino por un sendero delgado a través de algunos árboles que llevaban de vuelta al agua". No vamos a estar demasiado cerca. ¡Confía en mí!"

"¡Eso es lo que siempre dices!" Mouse gimió y la siguió. Rebekah era bien conocida por resolver misterios en su pequeño pueblo. Sin embargo, a veces también era la que los hacía. ¡Y Mouse solía estar atrapado justo en el medio del misterio!

Capítulo 6

Rebekah se asomó alrededor de los árboles en el puesto de salvavidas. Podía verlo observando a los nadadores. Estaba haciendo todo lo posible para mantenerlos a salvo. Sin embargo, si veía a Rebekah y Mouse volver a estar en el agua, se pondría furioso.

"Pst, ven por aquí", dijo Rebekah cuando vio un viejo bote de remos que se detuvo en la arena.

"¡Nos va a ver en eso!" Mouse protestó.

"No si estamos bajo ella", Rebekah sonrió. Le dio la vuelta al barco y flotó en el agua. Entonces Mouse nadó debajo. Rebekah levantó el borde para no tener que poner la cabeza bajo el agua.

"Mira incluso tiene ojos", Rebekah sonrió mientras señalaba a los dos agujeros cercanos a la parte delantera del barco. "Supongo que alguien lo dejó aquí por estos", se asomó a través de los agujeros. "Perfecto, puedo ver todo lo que sucede en el lago. Ahora sólo tenemos que esperar a que el tiburón aparezca de nuevo".

"¿Qué vamos a hacer si lo hace?" preguntó Mouse.

"No estoy segura, atraparlo tal vez", dijo Rebekah con un movimiento de sus hombros.

"¿Cómo exactamente vamos a atrapar a un tiburón?" Mouse se quedó sin aliento.

"Todavía no estoy segura", dijo Rebekah con el ceño fruncido. "¡Pero estoy segura de que se me ocurrirá algo!"

Mientras arrastraba los pies por la arena en el fondo del lago sintió algo así como una cuerda por debajo de ellos.

"¿Qué es esto?", se preguntó y tiró de ello con sus dedos del pie. Lo levantó de la arena, pero no podía llevarlo hasta arriba.

"Mouse, hay algo ahí abajo", dijo con sorpresa mientras tiraba de la cuerda con más fuerza.

"¿Qué es?" Mouse preguntó mientras trataba de mirar hacia abajo a través del agua.

"No lo sé, pero hay que ver lo que es", dijo Rebekah rápidamente.

"Quieres decir, ¿yo debería?" Mouse suspiró ya que él sabía que Rebekah no nadaría bajo el agua.

"¿Podrías?" ella sonrió dulcemente y juntó las manos, rogándole.

"Por supuesto", dijo Mouse con una sonrisa. Se zambulló en el agua y nadó hasta el fondo. Cuando pasó los dedos por la arena sintió la cuerda también. Lo agarró y le dio un fuerte tirón. Cuando lo hizo, una red entera surgió del suelo arenoso. Nadó hasta la superficie con ella.

"¡Mira esto!" dijo mientras salpicaba a través del agua. "¡Es una vieja red!"

"¡Perfecto!" Rebekah dio unas palmadas. "¡Podemos usar eso para atrapaba al tiburón!"

"Rebekah", dijo Mouse con la mirada. "Voy a nadar bajo el agua. Me voy a esconder del salvavidas. Incluso me esconderé bajo un bote de remos. ¡Pero no voy a tratar de atrapar un tiburón!"

Rebekah asintió como si estuviera escuchando, pero ella ya estaba mirando a través de los agujeros en el bote de remos. Estaba buscando alguna señal del tiburón en el agua. Hasta ahora todo lo que veía era a sus amigos chapoteando y nadando. Entonces lo vio. Estaba más lejos en el lago de lo que había estado antes. Pero todavía podía verlo. ¡La aleta en forma de triángulo gris se pasaba con velocidad ida y vuelta a través del agua!

"¡Ti-tiburón!" Rebekah gritó. Ella comenzó a empujar el bote de remos hacia delante en el agua.

"¡Rebekah, despacio!" Mouse suplicó mientras trataba de seguir el rápido ritmo con que estaba empujando el bote de remos.

"De ninguna manera", Rebekah le gritó. "¡Voy a pescar un tiburón!"

Capítulo 7

Rebekah seguía avanzando en el bote de remos con determinación. Ella ignoró el hecho de que el agua se estaba haciendo más profunda y que no pasaría mucho tiempo hasta que estuviera caminando de puntitas. Sólo tenía que llegar a ese tiburón.

"Ahí está", Rebeca susurró cuando vio la punta de la aleta más allá de su bote de remos en la otra dirección. Apartó el barco a un lado y continuó en la dirección del tiburón. Mouse estaba haciendo su mejor esfuerzo para mantenerse al día sin perder el equilibrio en la arena blanda. Todo lo que podía ver era la parte de atrás de la cabeza de Rebekah, no podía ver la aleta de tiburón que ella estaba viendo.

"¡Tenemos que tomar una foto!" dijo rápidamente. "¡Si tenemos una foto entonces todo el mundo tendrá que creernos!"

"¿Una foto?" Rebekah negó con la cabeza. "Oh no, señor, vamos a atrapar nosotros mismos un tiburón".

"Rebekah", discutió Mouse. "Nunca vamos a ser capaces de atrapar a un tiburón".

"Muy bien, muy bien", Rebekah asintió. "Si no podemos atrapar al tiburón entonces nos limitaremos a tomar una foto. Entonces al menos ese salvavidas molesto tendrá que creernos".

El salvavidas estaba viendo el bote de remos a la deriva a través del agua. No tenía ni idea de dónde había venido, pero supuso que había podido quedar libre del muelle de alguien. Siempre y cuando no derivara en la zona de nado no era realmente un peligro, pero estaba manteniendo un ojo sobre él, ya que todavía parecía extraño para él. Mientras los niños reían y lo pasaban muy bien en el agua, Rebekah y Mouse se deslizaron más cerca del tiburón. Estaban casi en la parte superior de la misma, cuando de repente cambió de dirección.

"¡Argh!" Rebekah gruñó. "¡Este tiburón no sabe en qué dirección quiere ir!" ella tiró del bote de remos en la misma dirección que el tiburón había ido. De repente, sintió que la arena desaparecía bajo sus pies.

"Oh no, ¡no puedo tocar!" ella jadeó y empezó a entrar en pánico.

"Está bien", le aseguró Mouse. "Sólo agárrate de los lados del barco", le mostró dónde poner las manos. "¿Ves? Mientras esté flotando, no se hundirá. Podemos patear con nuestros pies para mantener el movimiento del barco."

"Gracias", Rebekah suspiró, sintiéndose un poco mejor, pero todavía estaba nerviosa. Al acercarse cada vez más al tiburón, el agua se estaba poniendo cada vez más profunda. Ella estaba segura de que estaba más lejos en el lago ahora de lo que nunca había estado antes.

"Tal vez deberíamos tomar una foto", dijo Rebekah en voz baja. "Veo al tiburón acercándose, pásame la cámara", estiró su brazo por ella. Mouse se la entregó. Él empujó el bote de remos con sus manos para que el borde de este se levantara lo suficiente para que Rebekah pudiera tomar una foto. No era fácil de hacerlo ya que sus pies no tocaban nada. En el momento en que el borde del bote de remos se inclinó hacia arriba, ¡Rebekah se encontró de frente con la aleta!

"¡Ah!" Rebekah chilló y la cámara destelló con un flash brillante.

"¡Ah!" Mouse se tambaleó hacia atrás y el bote de remos se dejó caer encima de ellos con un chapoteo.

"¡Rápido!" Rebekah jadeó mientras se agarraba a los lados del bote de remos. Mouse y Rebekah comenzaron pateando sus pies tan rápido que batían una gran cantidad de agua.

"No creo que estemos llegando a ninguna parte", Rebekah frunció el ceño y tomó una respiración profunda. "No deberíamos estar corriendo de todos modos. ¡Tenemos que detener a este tiburón de asustar a todo el mundo!"

"Rebekah, esto es serio", Mouse advirtió. "¡Podríamos ser comidos!"

"No vamos a ser comidos", Rebekah le prometió. "Vamos a detener esto de una vez por todas". Agarró la vieja red de pesca y miró a los ojos de Mouse. "¿Listo?"

Mouse asintió lentamente. "Uno, dos, tres", dijo rápidamente y luego se tapó la nariz mientras se zambulló en el agua. A las tres, Rebekah cerró los ojos con fuerza y se preparó mientras se agachaba bajo el agua. Nadó por debajo del borde del bote y estaba en su camino de vuelta cuando vio unas piernas pateando en el agua delante de ella, con grandes aletas sobresaliendo de ellas. Cuando llegó a la superficie estaba demasiado sorprendida para darse cuenta de lo que acababa de hacer.

"¡Buen trabajo, Rebekah!" Mouse dijo con orgullo.

Rebekah estaba mirando a la aleta de tiburón que flotaba sobre las aguas no muy lejos de ellos.

"Mouse", dijo ella con voz aturdida. "Tal vez en realidad hay monstruos de lago".

"¿Por qué dices eso?" Mouse preguntó con curiosidad.

"¡Porque ese tiburón tiene pies!" Rebekah sacudió la cabeza con asombro.

Capítulo 8

"¿Pies?" Mouse exclamó. "Los tiburones definitivamente no tienen pies", él frunció el ceño. Rebekah ya estaba recogiendo la red que habían encontrado.

"¡Oh, no!", dijo entre dientes. "¡Tú no te escaparás de mí!" diciendo eso nadó tras la aleta lo mejor que pudo mientras llevaba la red.

"¡Rebekah, ten cuidado!" Mouse suplicó y nadó tras ella. La aleta sólo siguió nadando lo suficientemente lejos como para que Rebekah no pudiera alcanzarlo. Ella decidió ir bajo el agua otra vez. Esta vez no tenía que contar. Ella se agachó justo debajo y vio las aletas extrañas a través de sus gafas. Vio unas piernas pateando casualmente en el agua. Rebekah extendió la mano y agarró uno de los tobillos de la criatura. La criatura comenzó a patear y girar causando una gran cantidad de salpicaduras en la superficie. Rebekah lo soltó y nadó a través del agua para tomar un poco de aire. La criatura estaba chapoteando y chapoteando en el agua con un poco de pánico. El salvavidas vio todo el chapoteo y agitación del agua desde su puesto de salvavidas.

"¡Ya voy!" gritó, pensando que era un nadador en problemas. Corrió por la playa y se zambulló dentro del agua. Nadó rápidamente hasta que llegó a donde estaban Rebekah, Mouse y el tiburón. Cuando salió a la superficie del agua y vio a Rebekah y a Mouse se enojó mucho.

"¿Qué es esto? ¿Otra broma?" preguntó mientras miraba entre los dos de ellos. "¿No les dije que dejaran la playa?"

"¡Pero! ¡Encontramos al tiburón!" Rebekah protestó.

"Por última vez, jovencita, ¡no hay tiburones en este lago! ¡Esto es un lago! ¡Los tiburones viven en el mar!" él salpicó su mano en el agua como para expresar su punto. Justo al lado de él estaba la aleta de tiburón flotando en el agua. "¡Ah!" gritó cuando lo vio. "¡Tiburón!"

En un rápido movimiento le dio la vuelta al bote y arrojó a Rebekah y Mouse en su interior. Él estaba luchando para subirse cuando el resto del tiburón salió del agua. Primero la cabeza, luego los hombros, por último el resto de su cuerpo.

Capítulo 9

"¿Qué es eso?" preguntó el salvavidas.

"Estoy bastante segura de que no es un tiburón", dijo Rebekah con el ceño fruncido.

"O un monstruo del lago", Mouse admitió sonrojándose.

"Pero sí lo hemos atrapado", señaló Rebekah. A medida que hablaban, la criatura dejó de salpicar. Lo que vieron fue un casco extraño, y gafas.

"¡No eres un tiburón o monstruo del lago en absoluto!" Señaló ella con el dedo en la dirección de la criatura. "Quítate esa cosa y muéstranos lo que eres".

"Está bien, está bien", dijo una voz apagada. Dos manos se levantaron del agua y sacaron el casco de su cabeza. El niño que se quedó mirándolos parecía unos tres o cuatro años mayor que Rebekah y Mouse.

"¿Por qué en el mundo vas por ahí como si fueras un tiburón?" Rebekah exigió. Mientras ella preguntaba, el bote de remos en el que estaban se hundía. Estaba claro que los agujeros que habían usado para espiar al tiburón ahora estaban causando que el barco se llenara de agua.

"Yo no estaba actuando como un tiburón", dijo con el ceño fruncido. "¿Y qué estás pensando tirando de la pierna de alguien mientras están bajo el agua? ¡Podrías realmente haberme hecho daño!" Entrecerró sus ojos a Rebekah.

"Bueno, cuando pretendes ser un monstruo del lago y asustar a todo el mundo, ¡eso realmente también podría lastimar a alguien!" Mouse señaló con un movimiento de cabeza. "No es divertido poner a todos tan nerviosos".

"¡No tengo idea de lo que estás hablando!" El chico protestó. "¡Estaba probando mi nuevo traje de buceo!"

"¿Traje de buceo?", preguntó Rebekah, luego sintió el agua elevándose sobre sus pies en el barco. "¡Uh oh!", dijo sin aliento.

"¡Todo el mundo fuera!" el salvavidas gritó y arrojó a Rebekah y a Mouse de nuevo en el agua antes de saltar de nuevo él mismo. "Miren, yo no sé qué clase de broma ustedes tres estaban tramando, pero nunca es una buena idea pretender estar en peligro en el agua", con eso comenzó a nadar hacia afuera. Entonces se detuvo y dijo sobre su hombro. "¡Y siempre revisen si su bote de remos tiene agujeros!"

"¡Lo haremos!" Mouse saludó mientras el salvavidas se alejaba nadando. "Espero que nos permita volver a la playa", hizo una mueca.

"Lo hará", dijo Rebekah con confianza. "Después de todo lo que hicimos fue resolver el misterio del tiburón".

"¿Por qué sigues hablando de un tiburón?" Preguntó el muchacho con el ceño fruncido. "Esto es un lago, ¡no hay tiburones en un lago!"

"Bueno, realmente te veías como uno", Rebekah señaló con el ceño fruncido. "De hecho, yo estaba segura de que eras un tiburón".

"O un monstruo del lago", Mouse elevó la voz junto a Rebekah.

"No soy ninguno", dijo el muchacho. "Mi nombre es Tony, y yo inventé este traje de buceo".

"¿Tú lo inventaste?", dijo Rebekah con sorpresa. "Eso debió haberte llevado mucho trabajo".

"Lo hizo", dijo con una mirada fulminante. "Es por eso que no quiero que la gente tire de mis piernas bajo el agua. Pudiste haber dañado alguno de los equipos".

"Lo siento", Rebekah suspiró. "Yo sólo estaba tratando de mantener a todos a salvo en el agua".

"Bueno, tengo que volver al trabajo", dijo Tony. "He estado buscando en el fondo del lago basura y tesoros".

"Oh, ¡eso suena divertido!" Rebekah sonrió. "Eso es lo que iba a hacer con mis gafas".

"Pues con mis tanques de oxígeno puedo permanecer bajo el agua durante mucho más tiempo", Tony explicó y dio la vuelta para mostrarles los tanques atados a su espalda. Una de las solapas que conectaban los tanques a su traje de buceo se había soltado, y salía hacia arriba, ¡al igual que un triángulo!

"¡Ahí está la aleta!" Rebekah gritó y tiró del brazo de Mouse. "¡Mira!"

Mouse también lo vio y tuvo que reír. "Guao, ¡nos engañaste sin querer!"

Tony miró por encima del hombro y vio la solapa. "Oh, ¡eso no es bueno!" Dijo con voz entrecortada mientras se abrochaba la solapa. "Por lo general reviso todo mi equipo durante una inmersión. Debe de haberse soltado de alguna manera".

Él negó con la cabeza mientras se volvía para mirarlos. "Fue bueno que los dos trataron de cogerme. No es seguro salir a bucear sin todo mi equipo configurado correctamente. ¡Muchas gracias!"

Rebekah sonrió con orgullo y le guiñó un ojo a la ligera a Mouse. "Bueno, tal vez no atrapamos un tiburón ¡pero aún así salvamos el día!"

"Hm, sigo diciendo que puede haber monstruos de lago reales" Mouse señaló.

"Bueno, si hay uno en este lago, ¡lo encontraré!" Tony dijo con una sonrisa y tiró su casco hacia atrás en la parte superior de la cabeza. Antes de tirar hacia abajo le sonrió a Rebekah.

"Si realmente quieres encontrar un tesoro, hay un gran lugar por allá", apuntó hacia la orilla. "¡Es lo suficientemente poco profundo para que puedas conseguir una buena mirada sólo con tus gafas!" Luego colocó su casco sobre su cabeza de nuevo. Les dio a ambos un saludo con la mano antes de sumergirse de nuevo bajo el agua. Lo último que vieron fueron sus grandes aletas que meneaba bajo la superficie.

"¡Guau, sería increíble probar eso!", dijo Mouse con una sonrisa. "Apuesto a que incluso podría traer a Lochness conmigo en ese traje".

"No lo creo", Rebekah se rió. "¿Y si se escapa?"

Los ojos de Mouse se agrandaron. "Buen punto", se estremeció.

"¡Vamos a ir a ver el lugar del que estaba hablando!" Rebekah sugirió. Le dieron al bote de remos un tirón fuerte y fueron capaces de hacerlo flotar hacia la orilla. Una vez que tuvieron el barco de vuelta en tierra, saltaron de nuevo al agua. Rebekah tiró de sus gafas hasta colocarlas en los ojos y se metió justo debajo del agua. ¡Ni siquiera pensó en ello! Bajo el agua encontraron el tesoro del que Tony estaba hablando. Había pequeñas rocas en diferentes formas y colores. También había un zapato perdido, una tortuga nadando, y una moneda de plata. Rebekah hizo subir cada artículo para que Mouse viera. Recogieron su tesoro en el bote de remos. Cada vez que iban al lago para nadar, se detenían por el bote de remos a mirar su tesoro. ¡Luego iban al lago por más! Pronto, otros niños también querían ver el tesoro. El bote de remos se convirtió en un museo en el lago.

"¿Cómo rayos sucedió esto?" preguntó la mamá de Rebekah un día cuando vio el museo del bote.

"Bueno", Rebekah suspiró. "¡Todo comenzó con un tiburón en el lago!"

"¡Un monstruo del lago!" Mouse la corrigió.

"Rebekah, no hay tiburones en el lago, y no hay monstruos del lago", dijo su madre.

"¡Dile eso a Tony!" Rebekah sonrió y Mouse se rió.

Rebekah – Niña Detective #8

Magia Desastrosa

PJ Ryan

Rebekah - Niña Detective #8

¡Magia Desastrosa!

Capítulo 1

Rebekah estaba caminando por la acera hacia el parque. Mouse debía encontrarse con ella, para que pudieran pasar la tarde en busca de bellotas. Entonces podrían utilizar las bellotas para atraer a las ardillas. Rebekah tenía la teoría de que las ardillas tenían un tesoro secreto de todo tipo de objetos que habían desaparecido por la ciudad, no sólo bellotas. Ella esperaba que si las ardillas tomaban las bellotas, entonces la llevarían directamente a los objetos desaparecidos. Mientras pensaba en esto, oyó un golpeteo de pasos detrás de ella.

"¡No vas a creer lo que vi ayer por la noche!" Mouse gritó mientras corría hacia Rebekah. Ella se dio la vuelta rápidamente con una sonrisa.

"¿Qué?" Preguntó Rebekah ansiosamente. Ella siempre tenía curiosidad. De hecho, era conocida en todo su pequeño pueblo por ser una gran detective. Por lo menos, le gustaba pensar que así era. No había un misterio que Rebekah dejara sin resolver.

"¡Magia!" declaró, y agitó las manos sobre su cabeza como si estuviera rociando brillo. "¡El más increíble, fenomenal y fantástico espectáculo en la tierra!"

"¿Magia?" Rebekah respondió con un suspiro y se llevó los dedos a la frente. "¿Has estado viendo dibujos animados de nuevo Mouse? Te lo he dicho antes, eres realmente muy grande para ver dibujos animados", dijo con severidad.

"No", dijo Mouse y se sonrojó. Si le gustaban sus caricaturas, pero él no le iba a decir a Rebekah. "¡Vi al famoso Feary Disappeary!"

"¿Feary Disappeary?" Rebekah frunció el ceño mientras trataba de recordar si conocía ese nombre de algún lugar. "¿Ese es un nombre de verdad?"

"Bueno, es probable que sea su nombre artístico", Mouse admitió encogiéndose de hombros. "¡Pero sus trucos eran increíbles!"

"¿Has oído esa palabra?" Rebekah preguntó mientras se detuvo y miró a su amigo.

"¿Qué palabra?", se preguntó con el ceño fruncido.

"Trucos", respondió ella. "Todo el mundo sabe que la magia es sólo un montón de trucos, no hay nada real al respecto. Ingenioso, sí, ¡pero verdadero no! Ahora date prisa, tenemos que atrapar algunas ardillas ladronas".

"Está bien eso es cierto para algunos trucos", Mouse admitió. "Pero no puedes decir lo mismo de toda la magia. ¡Hay algunos trucos que nadie puede descubrir!"

"Puedo descubrir cualquier truco de magia", dijo Rebekah firmemente mientras caminaban hacia el parque.

"¿Ah sí?" Mouse preguntó y ajustó sus gafas sobre su nariz. "Entonces tal vez deberías ver el show conmigo y decirme cómo hace todos sus trucos".

"¿Lo pasaran de nuevo?" Rebekah preguntó, lista para asumir el reto.

"No", Mouse frunció el ceño. "Fue sólo una noche. ¡Pero yo sé lo que podemos hacer!" Chasqueó los dedos y luego se dio la vuelta en la acera. "Podemos entrar a su página web, y puedes ver todos los trucos tu misma".

Rebekah miró su reloj. Realmente no quería perderse las ardillas. Cuando Mouse la miró suplicante, pudo ver lo importante que era para él.

"Muy bien", ella suspiró y lo siguió hasta su casa. Se sentaron en frente de la computadora juntos mientras Mouse tecleaba el sitio del mago. Estaba lleno de diseños llamativos y videoclips de los trucos del mago.

"Aquí, mira éste", Mouse sonrió e hizo clic en uno de los videos. Cuando apenas había comenzado a reproducirse, Rebekah rodó los ojos.

"Oh, yo sé cómo hacer eso", dijo, mientras el mago mostraba cómo podía unir dos anillos de metal juntos.

"¿En serio?" preguntó Mouse con escepticismo.

"Sí, uno de los anillos tiene una pequeña rotura, lo que permite que los anillos se enganchen juntos", dijo Rebekah con confianza.

"Oh", Mouse frunció el ceño. "Supongo que podrías estar en lo cierto".

"¿Qué tal este?", se preguntó, y le dio clic en otro video.

"Oh, yo no tengo que ver el espectáculo", Rebekah se encogió de hombros. "Sólo dime los trucos que te desconcertaron, y te mostraré cómo el mago hizo el trabajo".

"De ninguna manera", dijo Mouse con sorpresa. "Realmente no puedes hacerlo", negó con la cabeza.

"Pruébame", Rebekah sonrió. Estaba segura de que podía.

Capítulo 2

Salieron de la casa de Mouse y comenzaron a caminar de nuevo al parque, mientras Mouse pensaba en los trucos que podrían confundir a Rebekah. Todavía estaba pensando en eso cuando llegaron al parque. El parque estaba lleno de niños que conocían del vecindario y de la escuela. El sol brillaba en el cielo. Había un montón de pájaros volando de rama en rama. También había un montón de ardillas que se veían bastante astutas. Rebekah miró a los pequeños ladrones en los ojos, como una advertencia de que no se había olvidado de sus dedos pegajosos. Se acercaron a una zona con sombra donde había un banco de picnic y hierba verde rodeándolo.

"Está bien", Mouse se sentó en el banco de madera y pensó un momento. "Bueno, ¡hizo este truco en el que convirtió el agua en lava! ¡Eso fue bastante fantástico!" Recordó cómo el público había jadeado y ovacionado cuando el agua cambió de color.

"¿Lava?", dijo Rebekah con escepticismo. "¿Quieres decir que convirtió el agua clara en agua de color rojo?" Ella sonrió, mientras estaba segura de que lo había descubierto.

"Bueno, sí, pero él la llamaba lava", Mouse frunció el ceño. "Quiero decir que era mucho más mágico en la pantalla, con todo el humo y luces intermitentes.

"Apuesto que sí", sonrió Rebekah mientras se sentaba a su lado. "Bueno, ¿qué más?" preguntó a Rebekah.

"No estoy seguro", Mouse se frotó la barbilla lentamente. "¡Oh, sí! ¡Convirtió a un conejo en un pájaro!", dijo y negó con la cabeza. "Fue increíble. Este pequeño conejito lindo mullido se convirtió en este enorme pájaro alado. ¡El pájaro se fue volando y todo!"

"Está bien", dijo Rebekah, su boca formando una sonrisa. "¿Algo más?"

"Bueno, ¡el truco más sorprendente fue el acto de desaparición!" Mouse suspiró mientras negaba con la cabeza. "¡Es sólo que no sé cómo podría hacer desaparecer a su asistente!"

"Hm", Rebekah sonrió y movió los dedos de los pies debajo de la mesa de picnic. "Yo creo que sí".

"¿Cómo?" preguntó Mouse, asombrado y con ganas de escuchar cómo se hizo el truco. "¡Dime!"

Rebekah se levantó de la mesa de picnic. "Puedo hacerlo mucho mejor que eso", dijo. "¡Te voy a enseñar! Quédate aquí, porque cuando vuelva, ¡vas a ser mi ayudante!"

Mientras ella corría por la calle, Mouse se quedó mirándola. Sabía que Rebekah era muy inteligente, pero estaba seguro de que ella no era un mago.

Capítulo 3

Rebekah se apresuró a volver a casa para recoger algunas cosas. Primero se mezcló una jarra de limonada. Luego agarró un vaso transparente del estante. Tiró esto en su bolso. También tomó un pequeño paquete del gabinete y lo guardó en su bolso. Tomó algunos marcadores, tijeras y un poco de cuerda, por si acaso. Se sonrió a sí misma en el espejo al pasar por este en el pasillo. Hoy no iba a ser una detective. ¡Hoy iba a ser un mago! En el camino de vuelta al parque se detuvo por la tienda de electrodomésticos del Sr. Douglas. Siempre la dejaba visitar la mercancía cuando un aparato nuevo de lujo llegaba. Él se deleitaba con la idea de que a Rebekah le gustara descubrir todo lo que había que saber sobre los electrodomésticos. Rebekah pensó que eran bastante interesantes, considerando que podían hacer mucho. Una vez había pasado una semana documentando e inspeccionando la tostadora en la cocina. Cuando su padre finalmente le preguntó por qué, ella anunció que la tostadora podría cambiar el mundo un día si se le permitía estar a la altura de su potencial.

"¡Hola, Rebekah!", dijo el Sr. Douglas alegremente. "¿Has venido para echar un vistazo a la nueva lavadora?"

"Hoy no", Rebekah negó con la cabeza. "Aunque estoy segura de que es genial".

"Bueno, entonces, ¿cómo puedo ayudarte?", se preguntó con una sonrisa.

"¡Necesito la caja más grande que tenga!" Rebekah anunció.

"Hm, bien", golpeó con los nudillos a la ligera sobre el mostrador. "Entonces tengo justo el lugar para ti", la llevó alrededor de la esquina de la tienda y fuera de ella, cerca de los contenedores de basura.

"¿Los contenedores de basura?" Rebekah preguntó y se pellizcó la nariz para evitar el olor.

"No, por aquí", dijo el Sr. Douglas y señaló una enorme pila de cajas. Había cajas de todas las formas, colores y tamaños. "Toma cualquier caja que te guste", dijo con un movimiento de la mano. "¡Tengo que volver con mis clientes!"

Rebekah tomó la caja más grande que pudo encontrar. Alguna vez tuvo un refrigerador en su interior. Ella sonrió.

"¡Esta va a ser perfecta!"

Haciendo malabarismos con la caja, la bolsa y la jarra de limonada, empezó a caminar por la acera de vuelta hacia el parque. En su mente, ya estaba planeando todos los trucos que le mostraría a Mouse para probar que no había tal cosa como la magia real. En el camino avisó a cualquier persona que veía en la calle.

"¡Espectáculo de magia en el parque! ¡No te lo pierdas!" Sabía que el público era muy importante para cualquier tipo de espectáculo. Cuando volvió de nuevo al parque, miró por encima de la parte superior de la caja, en busca de Mouse.

"¡Ayuda!" Gorjeó mientras estuvo a punto de dejar caer la jarra de limonada de la mano.

"¿Para qué tienes todo eso?" Mouse rió mientras se apresuraba a ayudarla. Los niños que estaban jugando en el patio también tenían curiosidad. Cuando vieron el pelo rojo de Rebeca, sabían quién estaba detrás de esa gran caja. Todos vinieron corriendo a ver qué tipo de misterio Rebekah estaba a punto de descubrir.

"¿Qué estás haciendo Rebekah?" Uno de los chicos preguntó mientras todos hacían lo posible para ayudar a Rebekah.

"¡Voy a hacer un espectáculo de magia!" dijo Rebekah con una sonrisa mientras daba las gracias a cada uno de ellos por su ayuda. "Es gratis para todo el mundo, ¡así que por favor pasen por aquí para verlo!"

"¡Me encanta la magia!", dijo uno de los chicos que conocía del vecindario.

"A mí también", Mouse sonrió mientras miraba la variedad de artículos que Rebekah había traído con ella.

"Bueno, esto no es tu típico espectáculo de magia", Rebekah advirtió. "No habrá ninguna iluminación especial o música salvaje, sólo la verdad. Voy a probar de una vez por todas que no hay tal cosa como la magia de verdad", dijo Rebekah con severidad. "Sólo dame unos minutos para arreglar todo y luego haré el show para todos ustedes".

Capítulo 4

"Démosle un poco de espacio", dijo Mouse y llevó a los otros niños a la zona de juegos. Se sentía bastante seguro de que la magia era una cosa que Rebekah no sería capaz de lograr. "Mira a quién he traído conmigo hoy" Mouse mostró a sus amigos la mascota que había traído con él al parque. Era un pequeño ratón blanco. Mouse obtuvo su apodo porque siempre tenía un ratón de algún tipo con él dondequiera que iba.

"Esto es el pequeño Houdini", dijo. Colocó al ratón en la hierba y les mostró qué tan rápido podía correr el ratón. Todos los niños tuvieron una carrera con Houdini de un extremo de la caja de arena al otro. ¡Houdini siempre ganaba!

"¡Muy bien a todos!" Rebekah llamó a través del parque. "¡El espectáculo está listo!"

Una vez que todos los niños estaban sentados en frente de la zona de césped donde Rebekah había montado su espectáculo, agitó su varita mágica en el aire. Estaba hecha de un palo que había encontrado con una piedra brillante atado a la parte superior.

"¡Estoy aquí para demostrarles a todos ustedes que cualquier truco de magia, es sólo eso, un truco!", dijo con una sonrisa. "¡Pero primero voy a necesitar un adorable asistente!"

Algunos de los niños en la audiencia levantaron la mano, pero Rebekah apuntó a Mouse. "Usted allí, Mouse, ¿será usted mi adorable asistente?"

"Bueno, yo no sé nada sobre ser adorable", Mouse se rió entre dientes y se sonrojó mientras daba un paso al lado de Rebekah.

"Para mi primer truco, ¡voy a convertir una taza ordinaria de limonada en un vaso de jugo de uva!" declaró con alegría y colocó un vaso transparente en la mesa de picnic cerca. Después, cogió la jarra de limonada que había traído de casa. Se sirvió limonada en la taza.

"Ahora, Mouse, toma un sorbo, para que todo el mundo puede estar seguro de que en realidad es limonada", le indicó con calma.

Mouse cogió la taza clara y tomó un pequeño sorbo. Sus labios fruncidos y sus ojos entrecerrados.

"Oh sí, esto es limonada, y podría tener un poco más de azúcar".

Rebekah le sacó la lengua ya que había hecho la limonada ella misma. "¡Ahora, todos, miren de cerca como transformo este limonada en jugo de uva!"

Ella agitó su mano y la vara sobre la copa. Luego tocó el borde de la taza dos veces con la punta de su varita. Nadie vio el polvo púrpura que flotaba desde el extremo de la varita y en la limonada. Pero todos vieron el color púrpura comenzando a aparecer en la limonada, creciendo y creciendo, hasta que la limonada se hacía completamente púrpura, ¡al igual que el jugo de uva!

Todos los niños aplaudieron con asombro de que había sido capaz de transformar la limonada en jugo de uva con sólo el toque de su varita.

"Bien", dijo, y arrojó el jugo de uva a un lado antes de que nadie pudiera darse cuenta de que todavía sabía a limonada.

Capítulo 5

"Para mi siguiente truco, ¡convertiré un conejo en un ratón!"
Levantó un conejo de peluche que había traído de su casa. "Un conejo de peluche perfectamente normal", dijo, y agitó su varita justo sobre la parte superior de su cabeza. "¡Nada extraño sobre esto!" Dejó caer el conejo de peluche en una caja de cartón en la mesa de picnic. Luego metió la mano en su bolsillo y sacó un gran pañuelo, hecho una bolita. Dejó caer accidentalmente el pañuelo en la caja y luego lo extendió sobre la parte superior de la caja.

"Muy bien, para que este truco funcione, necesito que todo el mundo aplauda sus manos", Rebekah insistió. Todos los niños empezaron a aplaudir con fuerza.

"Bien, ¡más fuerte!" Rebekah llamó mientras daba unos golpecitos en el pañuelo. "¡Ooga, booga, el conejito se ha ido!" Anunció, y luego sacó el pañuelo fuera de la parte superior de la caja. Todos los niños abrieron la boca y dejaron de aplaudir mientras esperaban ver si el truco había funcionado. Rebekah sacó al ratón hacia arriba, fuera de la caja, y lo sostuvo para que todos lo vieran.

"¡Houdini!" Mouse gritó con sorpresa. Metió la mano en el bolsillo, en busca de su amigo ratón. Pero no estaba allí. De alguna manera, ¡Rebekah lo había hecho aparecer! Como todo el mundo estaba tan ocupado tratando de averiguar cómo había aparecido el ratón, nadie se dio cuenta de que el conejo de peluche todavía estaba en la caja, escondido bajo el pañuelo. Los niños en la audiencia aplaudieron y vitorearon. Cuando Rebeca trató de entregar a Houdini a Mouse, el pequeño artista del escape logró saltar a la hierba debajo. Corrió por debajo de la mesa de picnic.

"¡Espera, vuelve!" Mouse llamó.

"¿Está saltando como un conejo?" Uno de los chicos se reía.

"No parece", respondió otro niño. "¡Pero Mouse seguro que sí!"

Mouse saltaba sobre las mesas de picnic y los tocones de árboles, mientras corría tras el ratón. Cuando por fin se las arregló para conseguir agarrar al ratón, suspiró y sacudió la cabeza. Corrió de vuelta a la mesa de picnic con Houdini sano y salvo en el bolsillo.

"Ese siempre se escapa", Rebekah rió mientras Mouse trataba de recuperar el aliento.

Capítulo 6

"¡Muy bien Mouse, eres el siguiente", dijo Rebekah con una sonrisa disimulada.

"¿Siguiente para qué?", preguntó inocentemente Mouse. Hasta ahora todos los trucos de Rebekah habían funcionado bastante bien, pero sabía que tenía algo grande planeado para el truco final.

"¡Siguiente para desaparecer!" anunció con un movimiento salvaje de su mano.

"¡De ninguna manera!" Uno de los niños en la audiencia gritó. "¡No lo puedes hacer desaparecer!" Todos los niños estaban seguros de que se trataba de un truco que Rebekah no sería capaz de lograr. A Rebekah no le importaba. Sabía exactamente lo que estaba haciendo. Se acercó a la caja de cartón que había pasado mucho tiempo preparando.

"Sólo una caja común", anunció a su audiencia. "No hay un portal oculto a otro universo o tiempo", dijo mientras apartaba la cortina que cubría el frente de la caja de cartón grande. "¿Ven? ¡Nada dentro!", anunció. Se aclaró la garganta y se puso de pie de puntitas.

"Ahora, para nuestro acto final", dijo ella con voz dramática. "¡Desapareceré a este joven!"

Mouse tragó saliva y miró a la audiencia de sus amigos y vecinos. Él saludó con la mano como si fuera a ser la última oportunidad que tendría para saludar.

"Por favor, ten cuidado Rebekah", susurró nerviosamente mientras entraba en la caja. Rebekah rodó los ojos, ya que ella sabía que no sería verdad lo de desaparecer. Dejó caer la cortina delante de él.

"Ahora, asegúrate de quedarte hasta el final, en la parte de atrás", dijo con su voz dramática. "¡De lo contrario, la magia puede transportarte a un lugar equivocado!" Ella trató de no reírse.

Giró su varita alto haciendo remolinos de aire y bucles como si estuviera escribiendo en el aire. Luego caminó alrededor de la caja, dándole un toque duro en cada lado al pasar. "Hacer desaparecer a alguien lleva toda la habilidad y la fuerza de la magia", anunció ella con una pequeña sonrisa. "¿O no lo hace?"

Cuando regresó a la parte delantera, golpeó el lateral de la caja de forma pronunciada tres veces con su varita.

"Uno, dos, tres", le dijo a la audiencia con una sonrisa. "¡Y Mouse es historia!" abrió la cortina para revelar que, ¡la caja estaba vacía por dentro! Los niños en la audiencia todos aplaudieron. Algunos murmuraban acerca de cómo era posible, y dónde podría estar Mouse.

"Sí, la gran Rebekah ha hecho a Mouse desaparecer por completo. ¿A dónde se ha ido? ¿Cómo pueden las leyes de la física ser desafiadas con tanta facilidad?" Pasó sus rizos rojos sobre su hombro y sonrió. "Lo más importante, ¿cuándo volverá?" Rebekah dijo rápidamente, sus ojos brillando con diversión. "¡No va a tomar mucho tiempo traerlo de vuelta!"

Rebekah agitó su varita mágica otra vez, la hizo girar en el aire y la movió hacia arriba y abajo. Luego, empujó la varita a través de una ranura en el lado de la caja. Sintió la solapa de cartón que había aflojado cuando dio un golpecito en el lateral de la caja, doblada otra vez. Rebekah había creado la ilusión de que Mouse había desaparecido utilizando un pedazo de cartón. Cuando entró en la caja en la caja, estaba plegada contra la pared. Rebekah lo puso en la parte trasera de la caja. Cuando le dio un golpecito en el lateral de la caja, el cartón se desplegó. Cuando abrió la cortina, parecía que el pedazo de cartón en realidad era la parte de atrás de la caja. Por supuesto Rebekah era la única que sabía que Mouse había estado detrás de la división todo el tiempo. Ahora, era el momento de la gran revelación, y estaba muy emocionada. Apenas capaz de ocultar su risa agitó su varita por última vez.

Capítulo 7

"¡Bibidi, Babidi, Mouse!" declaró y sacó la cortina de la parte frontal de la caja. La aleta de cartón se había doblado hacia atrás como había planeado, pero sólo para revelar la parte posterior real de la caja. Mouse seguía sin estar ahí.

"Esto es imposible", dijo Rebekah en silencio para sí misma mientras estudiaba la caja.

"¿Mouse?" Gritó y asomó la cabeza dentro del área. Se preguntó si ella podría, de alguna manera, haber hecho el truco mal. "¿Hola?" Gritó de nuevo. La audiencia estaba un poco inquieta.

"¿Dónde está?" Todos comenzaron a preguntar. Algunos incluso comenzaron a corear en voz muy alta.

"Trae a Mouse de vuelta, tráelo de vuelta Mouse, Mouse, ¡tráelo de vuelta!" Ellos aplaudieron y pisotearon al mismo tiempo.

Rebekah entró hasta el interior de la caja de cartón. Probó los lados de la misma, empujando ligeramente sobre ellos con las manos. Se dirigió a la parte posterior de la caja, y luego de nuevo a la parte delantera. Empujó sus pies contra la hierba para asegurarse de que no hubiera un agujero escondido en algún lugar. Finalmente, dio un paso atrás de la caja. Se quedó fuera de la caja durante un largo rato y la miró con los ojos entrecerrados.

"Pero no puede haberse ido en realidad", Rebekah murmuró para sí misma. Echó hacia atrás la caja para asegurarse de que no estaba de alguna manera pasando por alto a Mouse. Pero simplemente no había nadie dentro, estaba completamente vacío. "¿A dónde se fue?" Rebekah frunció el ceño mientras miraba debajo de la mesa de picnic.

"¿Lo has perdido?" Uno de los niños gritó y se levantó de la hierba. "¿Qué clase de mago pierde su encantador ayudante?

"Obviamente él no está perdido", Rebekah espetó, sintiéndose un poco asustada. "En realidad no podía desaparecer. ¡La magia no es real! "Los chicos que habían estado observando el espectáculo no se veían tan seguros. De hecho, algunos de ellos parecían un poco enojados.

"Entonces, ¿dónde está?", otro de los niños interrogó. "¿Por qué no puedes traerlo de vuelta?"

"Él no ha desaparecido", dijo Rebekah con firmeza. "Sólo está extraviado", levantó la mano y tocó su barbilla ligeramente. "Si yo fuera Mouse, ¿dónde estaría?" murmuró para sí misma.

Mientras caminaba por el césped toda la multitud de niños se puso de pie también. Caminaron tras ella, curiosos por ver lo que iba a hacer, y si todo esto era parte del espectáculo. Todos estaban un poco preocupados de que Mouse realmente podría estar perdido. Rebekah buscó en el patio. Pero Mouse no estaba en los columpios o el carrusel, o incluso en el tobogán. Revisó cerca del agua, pero de nuevo, Mouse no estaba por ningún lado.

"¡Tú!" Señaló a uno de los muchachos en la audiencia. "¡Revisa en el baño!"

El niño hizo lo que le dijo. Cuando regresó del baño, sacudió la cabeza con tristeza.

"Rebekah, creo que realmente lo hiciste desaparecer", frunció el ceño. "¿Alguna vez volverá?"

"¡Imposible!" Rebekah gritó mientras miraba su varita casera. "La magia no es real", dijo más para sí misma que para los otros niños. Con la cabeza colgada en sus pensamientos, caminó de regreso hacia el área donde había hecho su espectáculo de magia.

"Tal vez si lo intento de nuevo", dijo mientras se acercaba a la caja de cartón. Cerró la cortina. Caminó alrededor de la caja, golpeando cada lado. Entonces se detuvo en la parte delantera de la caja y tocó con la varita en la cortina.

"¡Bibidi, Babidi, Mouse!", dijo en voz alta y golpeó la cortina duro. Todos los niños se quedaron callados mientras esperaban para ver si su plan había funcionado. Rebekah sacó la cortina, con la esperanza de revelar que Mouse había regresado. Sin embargo, una vez más, la caja estaba completamente vacía.

"¡Mouse!" Rebekah sollozó mientras su pánico cambió a sentirse muy culpable. "¿Dónde estás?" no le importaba si los otros niños dudaban ahora. Ella sólo quería a su mejor amigo de vuelta. "Oh, ¿qué he hecho?" Gritó al cielo, agitando sus manos en el aire. "¡Nunca debí haber dicho que la magia no era real! ¡Ahora la magia ha tenido su venganza!"

Los otros niños todos se miraron de forma extraña. Nunca habían visto a Rebekah actuar de esta manera tan extraña.

"Está bien, Rebekah" dijo suavemente uno de sus amigos de la escuela. "Estoy seguro de que volverá un día".

"¿Quién va a decirle a sus padres?" uno de los otros niños preguntó.

"¡Oh, no!" Rebekah gimió y sacudió la cabeza adelante y atrás. "¿Por qué no simplemente le creí? ¿Por qué tenía que demostrar que la magia no era real? "

Rebekah cayó de rodillas en la hierba y hundió sus manos en su pelo de color rojo brillante. "¡Por favor! ¡Vuelve Mouse! ¡Vuelve!"

Capítulo 8

De repente, todo el mundo escuchó una risita por encima de ellos.

"¿Mouse?" Rebekah alzó la vista hacia el cielo. "¿Eres tú?" Preguntó esperanzada.

"¡Lo soy!" Mouse respondió con una carcajada.

"¡Oh, no! No sólo te he hecho desaparecer, ¡ahora eres invisible! ¿Por qué tengo que ser un mago tan bueno?"

Mouse rió más fuerte. "¡Hola!" Mouse saludó desde una rama de árbol gruesa por encima del espectáculo de magia. Sacó una capa de color negro sobre los hombros y saltó de la rama de un árbol. Aterrizó justo en frente de Rebekah y los otros niños.

"¡Tarán!", dijo con orgullo.

"¡Mouse!" Rebekah gruñó y miró. "¿Estuviste en esa rama todo el tiempo?"

"Por supuesto que lo estaba", Mouse respondió, y luego se rió. "No creíste de verdad que había desaparecido, ¿verdad?"

Todos los otros niños se rieron y aplaudieron. "¡Mouse es el verdadero mago!" Uno de los niños gritó. Mouse hizo una gran reverencia y todos los niños aplaudieron ruidosamente. Todos los niños, salvo por Rebekah. De hecho, ella se dio la vuelta y fue pisoteando a través del parque.

"Uh oh", Mouse frunció el ceño.

"No creo que este feliz contigo", dijo uno de los niños.

"Yo tampoco", Mouse se rasco la parte superior de la cabeza. Comenzó a caminar detrás de Rebekah. "¡Rebekah! ¡Espera!" La llamó. Rebekah sólo continuó pasando a través de la hierba. Tenía las mejillas tan rojas como su cabello y sus manos se apretaron en puños.

"¡Rebekah, por favor!" Mouse suspiró. "No era mi intención hacerte enojar".

"¡No estoy enojada!" Rebekah gritó, y luego se aclaró la garganta. "Está bien, quizá estoy un poco enojada", murmuró.

"Bueno, ¿por qué estás enojada?" Mouse preguntó con una sonrisa de medio lado. "¿Es porque la magia podría ser real?"

"No es verdad", Rebekah se cruzó de brazos. "¡Sólo me has engañado!"

Mouse sonrió. "Está bien, sí te engañé".

"Pero, ¿cómo?" preguntó Rebekah. "¿Cómo rayos hiciste para salir de esa caja?"

"¡Un mago tan bueno nunca revela sus secretos!" Mouse insistió. "Ahora volvamos y podemos hacer algunos trucos más."

Capítulo 9

Rebekah plantó los pies firmemente en la hierba verde y entrecerró los ojos bruscamente. "Mouse, ¡yo no voy a ninguna parte hasta que me digas exactamente cómo hiciste ese truco!"

"Oh bien", Mouse volvió a reír. "¿Qué tal si te lo muestro en su lugar?"

"Suena bien", Rebekah asintió y salieron juntos de nuevo a la mesa de picnic en el que el espectáculo de magia se había producido. Todos los otros niños habían vuelto al patio de juegos.

"Mira, yo sabía que querías probarme que la magia no es real", dijo Mouse con calma mientras se acercaba a la caja de cartón. "Sé que la mayoría de los trucos de magia que veo no son reales", explicó. "Pero aún así es divertido disfrutar del espectáculo, y preguntarme si sería posible. Ya sabes que para mí, lo único que es imposible es saber todo".

Rebekah inclinó su cabeza de lado a lado. "Supongo que tienes razón en eso", ella asintió lentamente. "Sería muy difícil saberlo todo".

"Así que mientras estabas enseñándome una lección, decidí enseñarte una", Mouse dijo tratando de ocultar una sonrisa.

"¡Oh, pequeño ratón escurridizo!" Rebekah resopló y se cruzó de brazos. "Tú planeaste esto, ¿no?"

"Tal vez", le guiñó un ojo a la ligera. "Ya ves, después de que me pusiste dentro de la caja, antes de que caminaras alrededor de ella, hice que uno de los otros niños de la audiencia cortara una pequeña raja en la parte posterior de la caja. Sólo lo suficiente grande para que yo fuera capaz de salir. Sabía que iba a ser difícil que lo notaras".

Se detuvo detrás de la caja y le mostró el corte de la parte inferior a cerca de la parte superior. "Entonces me deslicé fuera por la parte posterior de la caja. Me subí al árbol y observé".

Rebekah estaba aún bastante molesta de que él hubiera jugado un truco con ella. "Bueno, fue muy inteligente de tu parte, ¡pero también muy malo!" ella frunció el ceño.

"No fue mi intención ser malo", prometió mientras caminaba de regreso a la parte frontal de la caja. "¡Yo sólo quería que vieras lo que era no ser capaz de resolver un misterio por una vez!"

"Lo hubiera resuelto", dijo Rebekah con severidad. "¡Lo hubiera hecho tarde o temprano!"

"Tengo la sensación de que hubiera estado en esa rama de árbol durante mucho tiempo", Mouse se rió.

Mientras caminaban a casa, Rebekah estaba bastante callada.

"¿Qué pasa?" preguntó Mouse. "No estás todavía enojada conmigo, ¿verdad?"

"No", ella negó con la cabeza. "Estaba pensando en si Feary Disappeary hacía shows en vivo".

"Claro que sí, ¡hay uno el mes que viene!", dijo Mouse con una sonrisa.

"Bueno, ¡creo que deberíamos ir", Rebekah sonrió ampliamente. "¡Quiero otra oportunidad de averiguar todos sus trucos!"

Mouse se rió y negó con la cabeza. "¡Siempre la detective!"

Siguientes Pasos

Este libro es parte de una serie de libros para niños, "Rebekah - Niña Detective".

¡De verdad me encantaría oír de ustedes!

De verdad aprecio sus opiniones y comentarios así que gracias por adelantado por tomar su tiempo para dejar uno para "Rebekah – Niña Detective: Libros 1-8".

Puedes unirte a la divertida página de Facebook de Rebekah para jóvenes detectives aquí:

http://www.facebook.com/RebekahGirlDetective

Sinceramente,
PJ Ryan

Ahora disponible en audio.

Rebekah – Niña Detective: Libros 1-8 ahora está disponible como un audio-libro (en Inglés).

Puedes escuchar una muestra gratis aquí:
http://pjryanbooks.com/books/rebekah-girl-detective-books-1-8/

¡Mas versiones de audio muy pronto!

Visita el sitio web del autor en:
PJRyanBooks.com

Otros Títulos

Todos los títulos de PJ Ryan se pueden encontrar aquí

http://www.amazon.com/author/pjryan

*¡Visita la pagina del autor para ahorrar en grande
en un conjunto de paquetes especiales!

Noticias Legales

Todas las marcas comerciales y marcas mencionadas en este libro son sólo para fines ilustrativos, son propiedad de sus respectivos propietarios y no están afiliadas con esta publicación de ninguna manera. Todas las marcas se están utilizando sin permiso, y la publicación de la marca no está autorizado por, asociados o patrocinados por el propietario de la marca.

Made in the USA
Monee, IL
08 July 2020

36092703R00128